DIE DRACHEN OFFENBAREN
Die Stonefire-Drachen
Buch 3

JESSIE DONOVAN

Mythical Lake Press, LLC

Impressum

Die Drachen offenbaren

Englisches Copyright 2015 Laura Hoak-Kagey

Deutsches Copyright 2023 Laura Hoak-Kagey

Deutsche Übersetzung von Anna Drago und Katrin Dolle

Mythical Lake Press, LLC

www.JessieDonovan.com

Cover-Art von Laura Hoak-Kagey von Mythical Lake Design

ISBN: 978-1944776572

Die Stonefire Drachen und Lochguard Highland Drachen Serien sind miteinander verflochten. Da so viele Leser nach der Lesereihenfolge fragen, habe ich sie in dieses Buch aufgenommen. (Diese Liste gilt ab April 2026.)

Dem Drachen geopfert (Stonefire Drachen #1)
Den Drachen verführen (Stonefire Drachen #2)
Die Drachen offenbaren (Stonefire Drachen #3)
Den Drachen heilen (Stonefire Drachen #4)
Den Drachen wiedererwecken (Stonefire Drachen #5)
Das Dilemma des Drachen (Lochguard Highland Drachen #1)
Vom Drachen geliebt (Stonefire Drachen #6)
Der Drachenwächter (Lochguard Highland Drachen #2)
Dem Drachen ergeben (Stonefire Drachen #7)
Das Drachenherz (Lochguard Highland Drachen #3)
Vom Drachen geheilt (Stonefire Drachen #8)
Der Drachenkrieger (Lochguard Highland Drachen #4)
Dem Drachen helfen (Stonefire Drachen #9)
Den Drachen finden (Stonefire Drachen #10)
Vom Drachen ersehnt (Stonefire Drachen #11)
Die Drachenfamilie (Lochguard Highland Drachen #5)
Skyhunter gewinnen (Stonefire Drachen Universum #1)
Die Entdeckung des Drachen (Lochguard Highland Drachen #6)
Snowridge Verwandeln (Stonefire Drachen Universum #2)

Kapitel Eins

Melanie Hall-MacLeod streichelte ein letztes Mal die Wange ihrer fünf Monate alten Tochter Annabel, bevor sie zu ihrer Schwägerin aufsah und sagte: „Denk daran, sie kann nur schlafen, wenn sie ihren grünen Stoffdinosaurier hat. Und Jack braucht seine Baby-Decke."

Ihre Schwägerin, Arabella MacLeod, hob eine Braue, was auch die Narbe an ihrer Schläfe bewegte. „Hast du die letzten fünf Monate vergessen? Du weißt schon, die Zeit, in der ich mindestens dreimal die Woche da war, um dir mit den Zwillingen zu helfen?"

Bevor Mel etwas darauf erwidern konnte, mischte sich Evie Marshall, die dritte Frau, die in der Nähe der Tür stand, ein: „Lass sie doch, Arabella. Es ist das erste Mal, dass sie eine ganze Nacht von ihren Zwillingen getrennt sein wird."

Ara antwortete: „Euer Cottage ist gerade mal

fünf Minuten zu Fuß von hier entfernt. Wir könnten Tristan vermutlich rufen hören."

Melanie wollte ihr schon den Kopf zurechtrücken, als sie Tristans Anwesenheit hinter ihrem Rücken spürte, bevor er ihr über die Arme strich. Seine Berührung löste ihre Anspannung ein wenig, und sie lehnte sich gegen seine muskulöse Brust. Er legte seine Arme um sie, und sie stieß einen Seufzer aus. Die Welt könnte untergehen, und Tristans Berührung würde immer noch ihre Sorgen lindern.

Seine tiefe Stimme grollte: „Wenn ihr alles habt, was ihr braucht, solltet ihr wahrscheinlich gehen."

Evie hob eine Augenbraue. „Dir ist schon klar, dass wir unentgeltlich auf eure Kinder aufpassen, oder?"

Tristan erwiderte: „Und?"

Evie schüttelte den Kopf, und Melanie warf ein: „Achte gar nicht auf ihn. Wir sind extrem dankbar, dass ihr beide euch bereit erklärt habt, auf Jack und Annabel aufzupassen. Ich habe mich jede Minute entweder um sie gekümmert oder an dem Buch geschrieben. Auch wenn meine mütterliche Seite sich Sorgen macht, wird eine freie Nacht mich hoffentlich genug für den Shitstorm erfrischen, der mich nach der Buchveröffentlichung nächste Woche erwartet."

Evie neigte den Kopf. „Ich weiß nicht, ob es so schlimm wird, Mel. Schließlich kam der Artikel über meine und Brams Paarungszeremonie hervorragend an. Nicht eine Attacke, wenn überhaupt sind nun mehr Menschen auf ‚Drachensuche' denn je und hoffen, einen kurzen Blick auf einen fliegenden Drachen werfen zu können."

Mel lehnte sich stärker an die Brust ihres Gefährten. „Eine Paarungszeremonie ist eine Sache, aber ein Buch, das Drachenwandler vermenschlicht, um es mal so zu sagen, eine ganz andere. Eine dauerhafte Veränderung kann furchteinflößend sein, vor allem, wenn es dabei um gigantische Drachen geht, die vielleicht in die Nachbarschaft ziehen."

Evie rückte den schlafenden Jack in ihren Armen zurecht. „Du tust nichts Gesetzwidriges. Außerdem, wenn die Leute sich aufregen, bist du hier in Sicherheit. Bram würde nie zulassen, dass dir was geschieht." Tristan grunzte, und Evie verdrehte die Augen. „Oder ich sollte wohl besser sagen: Tristan würde nie zulassen, dass dir was geschieht."

Mel seufzte. „Ich weiß, aber was, wenn es nicht funktioniert? Ich fände es schön, wenn meine Kinder eines Tages ihre Großeltern und ihren Onkel kennenlernen könnten."

Tristan drückte sie vorsichtig und sagte: „Bald, meine kleine Menschenfrau. Wir finden einen Weg."

„Das hoffe ich", flüsterte Mel. Sie war jetzt seit etwas mehr als einem Jahr auf Stonefire-Land. Anrufe und Videotelefonate halfen zwar, aber sie vermisste ihre Eltern und ihren jüngeren Bruder so sehr, dass es wehtat.

Evie sah sie mitfühlend an, bevor sie ihre

Schultern straffte. „Gut. Also, Arabella. Lassen wir die beiden Turteltauben allein. Ich bin mir sicher, sie haben einiges nachzuholen.“

Tristan sagte: „Ja, also ruft nur an, wenn es wirklich ein Notfall ist. Ich werde Melanie sehr, sehr beschäftigt halten.“

Sie stupste ihren Gefährten mit dem Ellbogen an. „Meine Definition davon, was ein Notfall ist, und Tristans gehen da auseinander. Seine beinhaltet Blut und Sterben. Meine hohes Fieber und andauerndes Schreien. Ruft an, wenn ihr irgendwas braucht.“

Arabella meldete sich endlich wieder zu Wort. „Wenn wir nicht wissen, was zu tun ist, weiß Bram es.“ Ara sah Evie an. „Gehen wir, bevor Melanie noch ein Grund einfällt, uns hierzubehalten.“

Evie nickte. Während die Menschen- und die Drachenfrau davongingen, rief Mel ihnen noch hinterher: „Danke! Denkt daran, anzurufen!“

Evie hob eine Hand, um zu signalisieren, dass sie sie gehört hatte. Bald verschwanden die beiden Frauen hinter einem Cottage.

Sie seufzte. „Ich hoffe, es geht alles gut.“

„Wird schon.“

Tristan führte sie zurück ins Haus und schloss die Tür. Melanie drehte sich in seinen Armen um. „Du hast nach deinem Handy gesehen, ja? Der Akku ist voll?“

Tristan hob eine Hand an ihre Wange und strich mit seinen Fingern über ihre Haut. „Ja,

Liebes. Aufgeladen, auch wenn Bram weiß, was er tut."

Sie legte eine Hand an Tristans Brust. „Es ist nur so, jetzt, wo Jack und Annabel weg sind, ist es, als wäre ein Teil von mir mit ihnen gegangen."

Einer von Tristans Mundwinkeln zuckte hoch. „Wenn du jetzt schon so bist, was wirst du erst tun, wenn sie alt genug sind, um auszuziehen?"

Sie schlug seine Brust und runzelte die Stirn. „Das ist ja ein todsicherer Weg, meine Sorgen zu zerstreuen. Du bist wirklich schlimm, Tristan MacLeod."

Er schmunzelte. „Und trotzdem warst du einverstanden, meine Gefährtin zu werden."

Sein Blick erhitzte sich, und Mels Herz schlug schneller. „Du hast auch gute Momente."

Tristan beugte sich hinunter und rieb seine Wange an ihrer. „Dann werde ich mal dafür sorgen, dass dies einer davon wird."

Als eine seiner Hände ihren Rücken hinab strich und auf ihrem Po liegenblieb, breitete sich die Hitze in ihrem Körper aus. „Du wirst nicht einmal versuchen, mich erst zu umwerben?"

Er massierte ihren Po. Das Gefühl seiner warmen, starken Hände, die ihr Fleisch formten und kneteten, sandte einen Blitz zwischen ihre Beine. Mit jedem Drücken fiel es Mel schwerer, aufrecht zu stehen.

Selbst nachdem sie schon ein Jahr zusammen waren, musste ihr Drachenmann sie nur berühren, und sie wurde feucht und brauchte ihn. Nicht, dass sie jemals so leicht nachgeben würde.

Mit rauer Stimme sagte er: „Wer braucht schon Worte, wenn ich das hier tun kann?"

Er knabberte an ihrem Ohrläppchen, und sie lehnte sich gegen seine Brust, um sich abzustützen. Dann küsste er an ihrem Hals hinab, bis er sie dort biss, wo ihre Schulter auf ihren Hals traf. Während er den Biss mit seiner Zunge beruhigte, flüsterte Melanie: „Ich liebe unsere Kinder und kann mir ein Leben ohne sie nicht vorstellen, aber ich habe es vermisst, den Sex nicht irgendwo zwischen Füttern und Nickerchen reinquetschen zu müssen."

Tristan stellte sich so hin, dass er ihr in die Augen sehen konnte. „Ich auch, Liebes. Jedenfalls sind unsere Zwillinge in fähigen Händen, und ich habe dich die ganze Nacht für mich."

Sie klimperte mit den Wimpern. „Und was um alles in der Welt sollen wir bloß tun? Vielleicht die Küche putzen? Oder etwas Wäsche wegwaschen?"

Ihr Gefährte knurrte und zog ihren Körper an seinen. Sein harter Schwanz drückte durch seine Hose gegen ihren Bauch. „Vergiss das verdammte Putzen. Meine Pläne beinhalten, dich mit Haut und Haaren zu verschlingen."

Ihre Pussy pochte, als Gedanken an Tristan, der sich zwischen ihren Beinen labte, ihren Kopf füllten. „Dann, mein Drachenmann, solltest du wohl mal loslegen. Schließlich haben wir nur zwölf Stunden, bis Evie und Ara die Zwillinge nach Hause bringen."

„Ich schätze, heute Nacht zahlt es sich aus, dass wir gelernt haben, mit wenig Schlaf auszukommen."

Sie lachte. „Denk nur dran, mir hin und wieder was zu essen zu geben, sonst werde ich unleidlich. Nicht einmal dein heißes Drachen-Ich wird dann vor mir sicher sein."

Er schmiegte sich an ihre Wange. „Bald wirst du nichts anderes als meinen Namen mehr von dir geben können. Ich denke, ich bin in Sicherheit."

Sie öffnete den Mund, um darauf etwas zu erwidern, aber Tristan küsste sie. Als seine Zunge ihre streichelte, entschied Melanie, dass Worte warten konnten.

WÄHREND TRISTAN noch den Mund seiner Gefährtin erkundete, knurrte sein Drache. *Warum wartest du? Es ist zu lange her. Fick sie jetzt. Sie mag es hart.*

Halt die Klappe, sonst lass' ich dich nicht ran.

Sein inneres Tier zischte. *Du kannst es mir nicht verweigern. Ich bin stärker.*

Letzte Warnung.

Als sein Drache schmollte und sich zurückzog, umarmte Tristan Melanie noch fester. Wie ihr weicher Bauch seinen Schwanz bettete, ließ ihn noch härter werden.

Er unterbrach den Kuss und strich mit einem Finger unter dem Bündchen ihrer Jeans entlang, genoss die Weichheit ihrer Haut. „Zieh die aus, sonst reiße ich sie dir herunter."

Melanie hob eine Braue. „Bei dem Tempo, wie du meine Klamotten zerreißt, habe ich bald nichts mehr anzuziehen."

Er öffnete den oberen Knopf und zog langsam den Reißverschluss ihrer Jeans herunter. „Dann trag einfach Röcke ohne was drunter. Ich mag leichten Zugang."

„Und ich brauche Barrieren zwischen mir und deinem Schwanz. Sich um Zwillinge zu kümmern ist anstrengend, und so sehr ich dich auch liebe, aber es gibt Momente, da will ich mich von niemandem berühren lassen."

Tristan hielt inne. „Das hast du noch nie gesagt."

Melanie zuckte mit einer Schulter. „Ich wollte nicht riskieren, dass dein Drache aus Sexmangel die Kontrolle verliert."

Sein Drache schnaubte. *Ich kann manchmal verzichten. Sie muss nur darum bitten."*

Er nahm ihr Gesicht und forderte: „Wenn du jemals eine Pause brauchst, sag es mir. Ich kann mich nicht um dich kümmern, wenn ich nicht weiß, was du brauchst."

Seine Gefährtin lächelte. „Oh, Tristan. Du kannst so süß sein, wenn du es versuchst."

Er grunzte. „Jetzt ruiniere nicht meinen Ruf."

Melanie lachte, und seine Anspannung löste sich ein wenig. Sosehr es ihn vielleicht zum Bastard machte, er wollte seine Gefährtin unbedingt, sobald er sie nackt bekommen konnte, um den Verstand ficken.

Sie strich eine Hand über seine Brust und seinen Hals und spielte mit den Haaren an seinem Hinterkopf; seine Hoffnung stieg.

Mels raue Stimme liebkoste seine Ohren. „Lass mich das mit heute Nacht sehr deutlich sagen. Ich will dich sowohl auf als auch in mir, Drachenmann, also beeil dich, und fick mich."

Ohne ein weiteres Wort zog Tristan seine Gefährtin an sich und stieß seine Zunge zwischen ihre Lippen. Als er die Innenseite ihres heißen, seidigen Mundes streichelte, grub sie ihre Nägel in seinen Schädel. Sein Drache meldete sich zu Wort. *Sie ist willig. Nimm sie jetzt.*

Er hob sie hoch, und Mel legte ihre Beine um seine Taille, dabei hörte sie nicht auf, seine Zunge mit ihrer zu streicheln. Knurrend brachte Tristan sie ins Wohnzimmer und setzte seine Gefährtin auf die Rückenlehne der Couch. Er fuhr mit seinen Händen über ihre Oberschenkel und drückte vorsichtig. Sie spreizte sie, ohne zu zögern.

Sie will uns. Mach hin.

Selbst nachdem sie schon ein Jahr lang zusammen waren, war sein Drache von dem Menschen nicht weniger angezogen.

Er zog sich lang genug zurück, um fordern zu können: „Leg deine Hände auf meine Schultern und heb deinen Po."

Melanie gehorchte. Er zog an ihrer Jeans, bis er sie ihr ausgezogen hatte, und warf sie beiseite.

Langsam strich er mit seinen Händen über ihre Waden, hielt inne, um ihre Kniekehle zu streicheln, und zog dann langsame Kreise an den Innenseiten ihrer Oberschenkel. Als er mit der Fingerspitze ihr Höschen erreichte, kam ihre Atmung beschleunigt, und er konnte riechen, wie feucht sie für ihn war.

Sein Drachen zischte. *Für uns. Sie will uns beide.*

Tristan achtete gar nicht auf seinen Drachen, sondern strich mit einem Finger über ihr geschwollenes Fleisch, und Melanie stöhnte. Als er leicht ihre Klitoris kratzte, flüsterte seine Gefährtin: „Reiß mir dieses verdammte Höschen runter, und fick mich endlich."

Er riss den schwarzen Stoff beiseite und beugte sich hinab, um einen Kuss auf die Lippen seiner Gefährtin zu drücken, während er weiter mit der Fingerspitze ihre Schamlippen verfolgte. „Ich will nur sicherstellen, dass du wirklich bereit für mich bist, denn wenn ich erst einmal anfange, kann ich nicht aufhören."

„Wir haben noch elf Stunden und fünfzig Minuten. Hör auf, Zeit zu verschwenden, Tristan. Natürlich bin ich feucht und bereit für dich."

Er knurrte: „Ich liebe dich", bevor er einen Finger in ihre Pussy stieß. Melanie warf ihren Kopf zurück und bewegte sich auf seinem Finger.

Verdammt. Sie tropfte bereits, und es lief an seiner Hand herunter.

Er zog seinen Finger heraus, und Melanie gab einen protestierenden Laut von sich. „Hör auf, mit mir zu spielen, Drachenmann. Ich will einen Orgasmus, und ich will ihn jetzt."

Sein Mundwinkel hob sich. „So ungeduldig, mein kleiner Mensch."

Sie hob eine Augenbraue. „Schmutzig spielen kann ich auch."

Melanie legte die Hände an ihre Brüste und drückte. Er wollte kräftig an ihren Nippeln saugen, aber im Moment waren die tabu, weil sie vom Stillen ganz wund waren. Seine Gefährtin quälte ihn.

Tristan zog seine Hose und seine Boxershorts herunter, legte die Hände an ihre Innenschenkel und spreizte ihre Beine noch weiter. Dann strich er mit der Spitze seines Schwanzes ihre Scham entlang und achtete darauf, ihre Klitoris nicht zu berühren. Melanie wand sich und versuchte, den Kontakt herzustellen, den sie sich ersehnte, aber Tristan wich ihr aus.

Sie runzelte die Stirn. „Also gut, du hast deinen Standpunkt klargemacht. Sagen wir, wir sind quitt, wenn du dafür deinen Schwanz dahin bringst, wo er hingehört."

„Hingehört?"

Vor einem Jahr wäre Melanie rot angelaufen und hätte gezögert zu antworten. Ein Jahr später jedoch strich sie über ihre Pussy und sagte: „Hier, Tristan. Dein Schwanz gehört mir."

Bei dem Anblick trat ein Tropfen Vorsamen heraus.

Sein Drache brüllte. *Fick sie! Jetzt!*

Er brauchte keine weitere Aufforderung und drang mit einem schnellen Stoß in sie ein. Mel packte seine Schultern und stöhnte. „Ja, jetzt nimm mich, und bring mich zum Schreien."

Er packte ihre Hüften, positionierte sie ein wenig mehr in seine Richtung, dann bewegte er sich. Während er mit seinem Unterkörper kräftig genug nach vorn stieß, dass seine Hoden gegen ihren Po klatschten, nahm er seinen Blick nicht von ihr. Er sah so gerne, wie die Röte über die Wangen seiner Gefährtin kroch und sie immer lauter stöhnte.

Er passte den Winkel ihrer Hüften an, und seine Gefährtin flüsterte: „Ja, genau so. Ich bin so nah dran, Tristan."

„Halt dich an meinen Schultern fest."

Sie nickte, und er schob eine Hand zwischen ihre Beine, um ihre Klitoris zu reiben. Mel stöhnte: „Härter."

Er drückte gegen ihren harten Knoten, und Mel grub ihre Finger in seinen Rücken. Während sie ihre Nägel zu seiner Taille hinunterzog, verminderte er den Druck seines Fingers.

Mel knurrte. „Mach nur so weiter, dann provoziere ich deinen Drachen, dass er mich stattdessen fickt."

Sein inneres Tier erwiderte stolz: *Siehst du? Sie will mich. Ich werde jetzt übernehmen.*

Vergiss es. Auf keinen Fall.

Tristan zog seinen Schwanz langsam heraus, bevor er ihn in Mels Pussy rammte. Ihre Nägel gruben sich erneut in seine Haut, und er murmelte: „Deine Drohungen sorgen nur dafür, dass ich deine Pussy viel langsamer für mich beanspruchen werde."

Er wiederholte das, und Mel zischte. „Das merke ich mir. Das nächste Mal, wenn ich deinen Schwanz lutschen soll, werde ich es in die Länge ziehen, bis du darum flehst."

Ein Bild seiner Gefährtin, wie sie seinen Schwanz mit langsamen, entschlossenen Bewegungen leckte, ließ seine Eier fest werden. „Wenn mehr für die Art Folter nicht nötig ist, mach dich auf was gefasst, meine Liebe."

Langsam kreiste er in Mel hinein und wieder heraus und streifte wie zufällig ihre Klitoris mit jedem Stoß.

Als sie sich absichtlich um ihn herum zusammenzog, musste er sich zusammenreißen, nicht zu kommen, aber die Kombination aus Röte und einem dünnen Schweißfilm auf der Haut seiner Gefährtin befriedigten sowohl Mann als auch Tier.

Er wünschte nur, sie wäre nackt. Er wollte jeden Zentimeter ihrer Haut liebkosen.

„Tristan, bitte."

Er senkte den Kopf und küsste sie. Als ihr Stöhnen gegen seine Lippen vibrierte, steigerte er den Druck auf ihrer Klitoris. Er unterbrach den Kuss lang genug, um zu flüstern: „Komm für mich, Liebes."

Er rieb kräftig ihre Klitoris in einer kreisenden Bewegung, und sie schrie.

Ihre Pussy drückte seinen Schwanz und ließ los. Wieder packte er ihre Hüfte mit beiden Händen und bewegte sich schneller. Der Druck baute sich an der Basis seiner Wirbelsäule auf.

Er war bereit, seine Gefährtin mit seinem Duft zu markieren.

Sein Drache schaffte es, herauszubringen: *Ja, markiere sie. Dann bin ich dran.*

Anstatt zu diskutieren, küsste Tristan seine Gefährtin erneut. Die Kombination aus ihrem Geschmack und ihrem heißen Griff um seinen Schwanz reichte, um ihn über die Kante zu stoßen.

Tristan knurrte und hielt in seiner Gefährtin inne, als der Orgasmus ihn traf. Jeder Spritzer seines Schwanzes bescherte seiner Gefährtin einen weiteren Höhepunkt.

Er küsste sie leidenschaftlicher, streichelte sie und ergriff von ihrem Mund Besitz. Sie würde nicht daran zweifeln, dass sie ihm gehörte.

Sobald sie den letzten Tropfen aus ihm gewrungen hatte, zog er sie an sich, um ihren Rücken zu reiben, während sie sich von den multiplen Orgasmen erholte. Wie sie sich zur Unterstützung gegen ihn lehnte, streichelte sein Ego.

Unsere Gefährtin ist befriedigt, aber sie kann noch mehr nehmen. Ich bin dran.

Er ignorierte seinen Drachen und küsste Mel oben auf den Kopf. „Du hast geschrien, aber ich glaube, es war noch nicht laut genug."

„Ach, wirklich?"

Er lehnte sich zurück, um in die schönen grünen Augen seiner Gefährtin zu blicken. Der befriedigte Blick ließ seinen Drachen summen. *Bin ich endlich dran? Ich werde sie lauter schreien lassen.*

Er streifte die weiche Haut an der Hüfte seiner Gefährtin. „Soll ich es ein bisschen härter versuchen?"

Sie lächelte, während sie mit einem Finger Figuren auf seine Brust malte. „Nur, wenn wir zuerst nackt sind. Ich mag es nicht, dass dieses Hemd im Weg ist."

Er strich mit einer Hand von ihrer Hüfte unter ihr Oberteil und streichelte ihren runden Bauch. „Nur, wenn ich zuerst jeden Zentimeter deines sexy Körpers lecken darf."

Ihr Selbstvertrauen wankte etwas. „Ich fürchte, ich bin nicht mehr so sexy, wie ich mal war."

Er knurrte. „Unsinn." Er hob den Saum ihres Tops, entblößte ihren Bauch und fuhr die Dehnungsstreifen ihrer Schwangerschaft nach. „Das sind Narben vom Kampf, du solltest sie mit Stolz tragen."

Er zog die Hand heraus, bevor er sich vorbeugte und jeden Streifen nacheinander küsste. Als er damit fertig war, richtete er sich wieder auf und legte eine Hand an das Gesicht seiner Gefährtin.

Während Tristan ihre Wange streichelte, wurden Melanies Augen feucht. „Da ist wieder diese süße Seite. Aber da es zwei deiner Kinder waren, sind es eher Kriegsverletzungen."

„Was auch immer sie sind, du bist für mich jetzt

sexyer als zuvor, also zieh dich aus, Mensch, damit ich dich lauter schreien lassen kann."

Und ausnahmsweise wehrte Melanie sich nicht und neckte ihn auch nicht. Sie zog einfach ihre Sachen aus.

Und während sie sich auszog, um ihre herrlichen Kurven zu präsentieren, wurde Tristan daran erinnert, wie viel Glück er hatte, Mel als seine Gefährtin zu haben. Er würde alles tun, um sie zu beschützen.

Als er sich umdrehte, sah seine Gefährtin ihn an und verschränkte die Arme vor der Brust. Entschlossen betrachtete sie ihn. „Und? Warum trägst du deine Sachen noch? Du bist hinter mir."

Tristan zog sein Oberteil über den Kopf und kehrte eilig zu seiner Frau zurück. Er hob sie hoch und schmiegte sich an ihren Hals; ihr Duft war eine Droge, von der er nie genug bekäme. „Noch nicht, aber dort plane ich, in ungefähr zehn Sekunden zu sein."

Melanie lachte, und Tristan trug seine Gefährtin in ihr Schlafzimmer. Es war Zeit, seine Drachenhälfte herauszulassen und sie zum Schreien zu bringen.

Kapitel Zwei

Eine Woche später

Tristan klopfte mit den Fingern auf seine Armlehne. Als sein Clan-Anführer Bram endlich auflegte, fragte Tristan: „Warum bin ich hier? Ich wäre heute lieber bei meiner Gefährtin."

Bram hob eine Braue. „Wie ich auch lieber bei meiner wäre. Aber rufe ich dich je ohne Grund in mein Cottage?"

„Nein, aber was immer du zu sagen hast, sag es einfach."

Bram schüttelte den Kopf. „Wenn du nicht seit dreißig Jahren mein Freund wärst, Tristan, würde ich tatsächlich versuchen, dir Manieren beizubringen." Tristan zuckte nur mit den Schultern, und sein Clan-Anführer fuhr fort. „Gut, der Grund, weswegen ich dich hergebeten habe, ist, dass ich dir die Koordinaten für einen sicheren Ort geben möchte, an dem du deine Familie unterbringen kannst, sollte das Schlimmste eintreten. Wir haben keine Ahnung, wie die Öffentlichkeit auf das heutige Erscheinen von Melanies Buch reagieren wird, und ich möchte auf Nummer sicher gehen."

„Warum hast du dann so lange damit gewartet? Du weißt seit Monaten, wann das Buch erscheinen soll."

Bram verschränkte die Arme vor der Brust. „Nach dem jüngsten Ärger, den wir mit Verrätern im Clan hatten, dachte ich, du würdest mein Bedürfnis nach Sicherheit verstehen."

Tristans Drache meldete sich zu Wort. *Wir vertrauen ihm. Sei nicht so unhöflich. Er will uns helfen, unsere Gefährtin zu beschützen.*

Tristan achtete nicht auf sein inneres Tier, sondern antwortete: „Dann beeil dich, und sag mir, was ich wissen muss, Bram. Als ich gegangen bin, ist Mel auf- und abgegangen und hat vor sich hingemurmelt. Selbst, wenn Arabella und Evie da sind: Sie braucht mich."

Bram öffnete die Arme, nahm einen Ordner von seinem Schreibtisch und hielt ihn ihm hin. Tristan nahm ihn, während sein Freund erklärte: „Finlay Stewart hat netterweise Schutz für dich und deine Familie auf der Isle of Skye angeboten, wenn wir es brauchen. Der Ort ist abgelegen genug, um euch zu schützen. Nicht nur das, es gibt auch zahlreiche Höhlen und Cottages für euch, aus denen ihr wählen könnt. Wenn es wirklich zu Gewalttaten kommt und Menschen Mels Leben bedrohen, möchte ich, dass du sie an einen dieser Orte bringst."

Tristan sah auf. „Das letzte Mal, dass du jemanden an einen sicheren Ort gebracht hast, war der kompromittiert. Woher wissen wir, dass es dieses Mal anders sein wird? Schließlich sind die Drachenjäger im Moment wirklich lästig."

„Diesmal wissen wir, dass sie da und gefährlich sind. Nicht nur das, Beschützer sowohl von Stonefire als auch von Lochguard werden um die Insel positioniert sein und eingreifen, falls erforderlich."

„Du hast ja eine Menge Vertrauen in den schottischen Bastard, wenn man bedenkt, dass die Allianz gerade einmal vier Monate alt ist."

Bram sah ihn mit seinen blauen Augen durchdringend an. „Er hat das Leben meiner Gefährtin gerettet. Ich weiß nicht, was er sonst noch tun könnte, um seine Ehrlichkeit und Hingabe an die Allianz unter Beweis zu stellen."

Tristan grunzte. „Aber warum Skye? Lewis oder irgendeine der Western Isles wäre entlegener."

„Fünf Monate alte Zwillinge zu transportieren, ist nicht gerade leicht. Skye ist etwas einfacher. Außerdem hab' ich gehört, dass die Einwohner von Skye bereits in der Vergangenheit Drachenwandlern geholfen haben und dafür im Gegenzug auf Hilfe zählen können."

Skye ist entlegen genug und näher am schottischen Clan. Es ist eine gute Wahl, sagte sein Drache.

Seit wann kennst du dich so gut in Geographie aus?

Du bist Lehrer. Dein Wissen ist mein Wissen. Ich höre zu, wenn du die Jungen darüber unterrichtest, wo es sicher ist zu fliegen.

Anstatt zuzugeben, dass das ein guter Punkt war, konzentrierte Tristan sich wieder auf Bram. „Und die Details des Transports?"

„Es wird ein Drachenflug sein. Dr. Sid hat Tragegestelle für die Zwillinge besorgt, die sie vor der Kälte schützen." Bram deutete auf den Ordner in Tristans Händen. „Die übrigen Details stehen da drin. Lies es dir durch, besprich es mit Mel und melde dich dann bei Kai und mir. Da es eine Weile dauern wird, ein Dreihundert-Seiten-Buch zu lesen, erwarte ich nicht, dass heute etwa passiert. Trotzdem, lies es und besprich es so bald wie möglich mit deiner Gefährtin."

Brams Tonfall duldete keinen Widerspruch. „Richtig, kann ich dann gehen? Mel hat seit Tagen nicht gut geschlafen, und mein Drache ist nicht glücklich deswegen."

Sein Clanführer wedelte mit einer Hand. „Geh nur. Ich werde jemanden schicken, wenn ihr Buch später hierher geliefert wird."

Mit einem Grunzen verließ Tristan Brams Cottage und ging nach Hause. Sosehr er auch für die Vorsicht seines Freundes dankbar war, Tristan wusste, dass Mel auf keinen verdammten Fall den Clan verlassen

würde. Er hoffte nur, dass es nicht wegen ihres Buchs
zu Gewalttaten kam, denn dann würde die wirkliche
Prüfung beginnen – ein Kampf zwischen dem
Bedürfnis seines Drachen, sie zu beschützen, und dem
Bedürfnis, seine Gefährtin zu unterstützen und an
ihrer Seite zu sein, wenn sie ihn am meisten brauchte.

MELANIE GING im Wohnzimmer auf und ab, den
Flur hinunter zur Tür und wieder zurück. Wo war
Tristan?

Ohne ihn an ihrer Seite, ohne, dass er sie
beruhigte oder erdete, rasten eine Million
Gedanken durch ihren Kopf.

Vielleicht würde jeder, der ihr Buch kaufte, es
einfach zurückgeben. Oder, wenn sie das Buch
behielten, dann würde vielleicht aus dem Nichts ein
Flugzeug über Stonefire auftauchen und Bomben
fallen lassen und alle töten, die sie liebte.

Tristan würde sie für verrückt halten, aber nie
zuvor war ein Exposé über die Drachenwandler
veröffentlicht worden; man konnte absolut nicht
sagen, wie die Öffentlichkeit reagieren würde.

Nicht einmal, als sie eines ihrer Babys hielt,
beruhigte das ihren Kopf. Sie brauchte die solide
Stärke und Unverblümtheit ihres Gefährten.

Sobald sie wieder im Wohnzimmer war, sah
Arabella von ihrem Laptop auf. „Dein Rumgelaufe
lenkt mich ab. Kannst du nicht die Küche putzen

gehen oder sonst was, damit ich mit meiner Arbeit fertig werde?"

Sie blieb vor ihrer Schwägerin stehen und sah sie finster an. „Du wolltest unbedingt herkommen. Ich habe dich nicht darum gebeten, geschweige denn, deinen Laptop mitzubringen, um hier zu arbeiten. Du kannst auch gehen, wenn es dich so sehr stört."

Evie, die auf dem Boden saß und mit dem kleinen Murray einen Turm aus Bauklötzen baute, runzelte die Stirn und warf ein: „Du musst sie nicht gleich so anfahren, Melanie. Wir sind hier, um zu helfen, vor allem, weil Bram mit Tristan reden musste."

Melanie ging im Wohnzimmer umher. „Ich verstehe nicht, warum Bram nicht herkommen oder eine Telefonkonferenz einrichten konnte."

Evie betrachtete sie eingehend. „Du bist heute definitiv nicht du selbst. Die Melanie Hall-MacLeod, die ich kenne, gibt sich Mühe, alles für alle leichter zu machen - außer für sich selbst. Du bist gestresst, meine Liebe. Teil dich uns entweder mit, oder ich trichtere dir Kamillentee ein, denn Bram würde es mir übel nehmen, wenn ich ein Sedativum nehme."

Mel blinzelte. „Du willst mich unter Drogen setzen?"

Arabella schmunzelte, worauf Mel nur erneut blinzelte. Ara schloss ihren Laptop und verschränkte die Arme vor der Brust. „Selbst ich bin versucht, dir irgendein Schlafmittel zu verabreichen. Du treibst alle in den Wahnsinn, Melanie, vor allem, weil wir nichts anderes tun können, als abzuwarten und zu sehen, was passiert."

Mel seufzte. „Ich weiß das, aber das macht es nicht einfacher. Vor allem, weil ich keinen Herausgeber finden konnte, der mein Buch publizieren wollte, und ich es allein machen musste."

Ara schüttelte den Kopf. „Du hattest zwanzigtausend Vorbestellungen allein für die E-Book-Version. Ich würde sagen, du hast ganz gut daran getan, es selbst zu veröffentlichen, und es wird nicht lange dauern, bis jeder Buchladen im Land *Die Drachen offenbaren: Das Leben in einem britischen Drachenwandlerclan* anbieten möchte."

Evie quietschte mit einem Spielzeugdrachen in Murrays Richtung, dann rümpfte sie die Nase. „Ich finde immer noch, du hättest einen kürzeren und eingängigeren Titel nehmen sollen. Deiner klingt fast … akademisch, was für gewöhnlich gleichbedeutend mit langweilig ist."

Mel schnaubte. „Es soll ja auch akademisch klingen. Ich wollte keine Klatsch-Enthüllungsgeschichte schreiben." Evie grinste, und jetzt verstand Mel. „Ihr wolltet mich nur provozieren, richtig?"

Evie zuckte die Schultern. „Besser, als wenn du auf- und abgehst, bis du ein Loch im Teppich hast."

Nachdem sie schon so lange mit Tristan zusammenlebte, musste Mel sich zusammenreißen, nicht zu knurren. „Ja, aber provoziert mich zu sehr, und ich wecke die Zwillinge auf. Ihr werdet schon bald genug sehen, was es bedeutet, sich um zwei kleine Kinder kümmern zu müssen, und wie wertvoll die Momente sind, in denen sie schlafen."

Evies Augen wurden sehnsüchtig. „Ich kann es nicht abwarten." Dann wurde der Blick ihrer Freundin verschlagen. „Außerdem kann Bram tagsüber auf Murray aufpassen, zumindest meistens, wenn ich ihn darum bitte."

Mel seufzte. „Du verstehst schon, dass er der Clan-Anführer ist, oder, Evie? Und er hat, ich weiß nicht, vielleicht was zu tun?" Ara kicherte, und Mel wandte den Blick zu ihrer Schwägerin. „Findest du uns unterhaltsam, Schwester?"

Arabella nickte. „Ihr zwei seid besser als die meisten Fernsehsendungen für Menschen, die ich mir ansehe. Macht unbedingt weiter."

Melanie wollte gerade schon den Fokus ihrer Extraenergie Arabella zuwenden, als sich die Haustür öffnete und Tristans Stimme durch den Flur schallte. „Melanie?"

„Tristan!" Sie eilte den Flur hinunter und schloss ihren Gefährten in die Arme. „Sag mir bitte, dass Bram keine schlechten Nachrichten hatte."

Als die Hand ihres Gefährten ihren Rücken rieb, schmolz sie gegen ihn. Seine Stimme grollte an ihrem Ohr. „Nein, keine schlechten Nachrichten. Es war nur typisch Bram."

Sie löste sich und sah zu ihrem Gefährten auf. „Das ist nicht sehr hilfreich."

Evies Stimme erklang hinter ihr. „Er meint, dass

Bram einen Plan B hat für den Fall, dass etwas schiefgeht."

Sie wandte abrupt den Kopf ihrer Freundin zu, die zweifellos Murray als eine Art Schutzschild hielt, damit sie sie nicht zu finster anblickte. Mels Brauen zogen sich zusammen. „Du wusstest es und hast es mir nicht gesagt?"

Evie zuckte die Schultern. „Bram ist der Clan-Anführer, was mich fast selbst zu einem macht, da ich seine andere Hälfte bin. Ich darf ohne seine Erlaubnis keine Geheimnisse ausplaudern."

Tristan rieb ihren Rücken etwas kräftiger. „Sie hat recht, Liebes."

Unter normalen Umständen wusste Mel, dass Evie Informationen hatte, die sie nicht weitergeben durfte. Doch der Veröffentlichungstag ihres Buches war der Höhepunkt von fast einem Jahr Arbeit, und Mel mochte es nicht, im Ungewissen gelassen zu werden.

Sie sah wieder auf in Tristans braune Augen. „Was ist das also für ein Plan B?"

„Er wird dir nicht gefallen."

Sie schlug ihm auf die Brust. „Sag's mir."

Tristan hielt mit seiner freien Hand einen Ordner hoch. „Darin ist eine Liste sicherer Orte, auf der Isle of Skye, zu denen wir fliehen können, falls erforderlich."

Mel runzelte die Stirn. „Schottland? Er vertraut Finn so sehr?"

Tristan nickte. „Offensichtlich. Obwohl die

eigentliche Frage ist: wenn es wirklich brenzlig wird, würdest du überhaupt gehen?"

Sie starrte in die Augen ihres Gefährten. Sie waren voller Neugierde und einem Hauch Sorge. „Wenn es nach dir ginge, würden wir gleich aufbrechen."

Tristan rieb kleinere Kreise an ihrem Rücken. „Ja, aber es nicht allein meine Entscheidung. Ich habe dir versprochen, dass ich versuche, dich immer erst zu fragen, also frage ich."

Mel war egal, dass sie Publikum hatten, und flüsterte: „Ich liebe dich, Tristan MacLeod."

Er lächelte. „Das beantwortet immer noch nicht meine Frage, mein kleiner Mensch. Würdest du gehen?"

„Nein, ich glaube, ich könnte nicht." Evie machte ein protestierendes Geräusch, und Mel sah zu ihrer Freundin hinüber. „Es ist meine Arbeit, die alle in Gefahr bringt. Ich habe ein Jahr gebraucht, um von fast allen im Clan akzeptiert zu werden. Was glaubst du passiert, wenn ich Stonefire eine Menge Gefahr beschere und dann fliehe?"

Evies Gesicht wurde finster. „Sie würden dich mehr denn je hassen. Vielleicht sogar denken, du habest das absichtlich getan, um sie leiden zu lassen."

Tristan knurrte. „Jeder, der das denken würde, ist ein Idiot. Meine Gefährtin hat niemanden verletzt, noch nie. Sie hat ein viel zu großes Herz."

Mel lächelte zu ihrem Gefährten auf. „Danke für die Unterstützung." Sie sah wieder zu Evie.

„Wenn es wirklich zum Kampf aller kommt, schicke ich die Kinder in Sicherheit. Aber ich gehöre hier in den Clan. Ich habe für die nächsten Tage zu viele Interviews angesetzt, die vielleicht Gewalttaten verhindern."

Evie schüttelte den Kopf. „Du hast mehr Vertrauen in die Medien als ich."

Mel schmiegte sich an die Brust ihres Gefährten. „Um die Gesetze zu ändern, brauchen wir die Medien auf unserer Seite. Also, ja, ich bin optimistisch, denn sonst riskiere ich vielleicht die Sicherheit aller für nichts."

Evie rutschte Murray auf ihrer Hüfte zurecht. „Gut, dann geben wir uns alle besonders viel Mühe. „Musst du noch einmal deine Rede durchgehen?"

Bevor Mel antworten konnte, drückte Tristan sie und sagte: „Du musst dich ausruhen, Melanie Hall-MacLeod. Hast du gefrühstückt, als ich bei Bram war?"

Sie drehte ihren Kopf an Tristans Brust und murmelte „Nein."

Ihr Drachenmann knurrte. „Ich werde dich füttern, und dann machst du ein Nickerchen."

Mel sah auf. „Was ist mit Jack und Annabel?"

Tristan sah an ihr vorbei zu Evie. „Ich bin mir sicher, du und Annabel bekommt das hin."

Arabellas Stimme drang vom Wohnzimmer herüber: „Du könntest mich ruhig fragen, Brüderchen."

Tristan senkte seine Stimme, damit nur Melanie ihn hören konnte. „Seitdem sie diesen schottischen

Bastard kennengelernt hat, ist sie verdammt anstrengend geworden."

Mel verbarg ein Lächeln und flüsterte: „Ich finde, das ist gut für sie. Und es könnte schlimmer sein; sie könnte mit dem schottischen Anführer zusammen sein."

Ihr Drachenmann machte ein leises Geräusch in der Kehle. „Ärgere mich nicht damit, kleiner Mensch. Er ist der Letzte, den ich als Schwager haben wollte."

Sie hob eine Braue. „Der Letzte? Was ist mit dem Anführer von Skyhunter im Süden? Ich bin mir sicher, dass es ganz großartig wäre, mit ihm verwandt zu sein."

Tristan verengte die Augen. „Es wäre immer noch ein enges Rennen, wer von beiden der Schlimmere wäre."

Melanie lachte und drückte dann gegen die Brust ihres Gefährten. Er ließ sie los, und sie forderte ihn auf: „Gut, lass uns was zu essen holen, bevor Arabella die Flucht ergreift. Sie liebt ihre Nichte und ihren Neffen zu sehr, um zu gehen, ohne dass jemand auf sie aufpasst."

Arabella wollte schon protestieren, doch Mel nahm Tristans Hand und duckte sich in die Küche. Genau wie sie erwartet hatte, vertrieb die Nähe ihres Gefährten ihre Sorgen.

Tristan ließ ihre Hand los, um den Kühlschrank zu öffnen, und Mel sah zu, wie er ihr ein Sandwich machte. Diese alltägliche Geste milderte ihre Ängste ein klein wenig. Vielleicht hatte sie alles zu sehr analysiert, und alles würde am Ende gut gehen. Wer würde versuchen, sie wegen eines Buchs zu töten? Sicher, einige Autoren waren in den letzten Jahren eine Zielscheibe gewesen, aber Mel nahm ja nicht den religiösen Glauben eines anderen auseinander. Ihr Buch sprach nur von Paarungen, Feiern und Clanstrukturen.

Und doch wusste ein kleiner Teil von ihr, dass jemand sich angegriffen fühlen würde. Sie hoffte bloß, dass es eine kleine Minderheit wäre. Die Drachenjäger hatten sie bereits ins Visier genommen. Stonefire brauchte nicht noch mehr Feinde, nach denen sie Ausschau halten mussten.

Kapitel Drei

Am nächsten Tag stand Tristan am Fuß der Treppe und wartete auf seine Gefährtin. In den menschlichen Medien war wenig über das Erscheinen des Buches gesagt worden. Er war sich nicht sicher, ob das gut oder schlecht war, obwohl es Mel unendlich Sorgen bereitete.

Jedenfalls hatte sie in einer halben Stunde ihre erste Pressekonferenz. Das wäre ihre erste wirkliche Prüfung.

Sein Mensch kam in einer schwarzen Hose und einem hellgrünen Oberteil, das ihre Augen betonte, die Treppe herunter. Als sie den Fuß der Treppe erreichte, blieb sein Blick auf ihrer Brust hängen, ehe er ihr in die Augen sah. „Das Oberteil ist zu eng. Ich will nicht, dass andere Männer auf deine Brüste starren."

Mel verdrehte die Augen. „Das hier ist wahrscheinlich die konservativste Kleidung, die ich seit Langem getragen habe."

Sein Drache schnaubte. *Ihr Po wird auch betont. Das gefällt mir nicht.*

Seine Gefährtin seufzte. „Ich sehe deine blitzenden Drachenaugen. Sag ihm, ich trage das und fertig. In dieser Kleidung fühle ich mich wichtig, und ich brauche dringend Selbstvertrauen."

Tristan schnaubte. „Klar, meine Liebe, du hast kein Selbstvertrauen."

Sie pikste ihm in die Brust. „Manchmal, ja, ist das so. Und da ich unseren ganzen Clan vertreten werde, denke ich, solltest du mich etwas mehr unterstützen."

„Allem zuzustimmen, was du sagst oder tust, ist langweilig. Das würde dir auch nicht gefallen."

Sie seufzte. „Du hast recht, aber mich mit dir zu messen, ist wunderbar gegen Stress."

„Heißt das, ich habe jetzt freie Bahn, dich zu ärgern?"

„Ganz sicher nicht." Das Runzeln zwischen ihren Brauen ließ nach. „Schlafen die Zwillinge noch?"

„Ja. Samira und Evie sind im Wohnzimmer und haben ein Ohr auf sie."

„Wo ist Arabella?"

Er zuckte die Schultern. „Sie hatte was zu erledigen."

Tristan stimmte mit dem verwirrten Blick in den Augen seiner Gefährtin überein. Arabella verbrachte den Großteil ihrer freien Momente mit ihrer Nichte und ihrem Neffen. Vielleicht hatte die menschliche Versammlung vor dem Haupttor von

Stonefire sie verschreckt. Er hoffte nur, dass das die Fortschritte seiner Schwester nicht zunichtemachte.

Seine Gefährtin trat auch die letzte Stufe hinunter und klopfte Tristan auf die Brust. „Ich wette, Arabella hat Angst davor, wie sich alles verändern könnte. Wenn Menschen und Drachenwandler endlich lernen, frei miteinander umzugehen, verspürt sie vielleicht wieder den Wunsch, sich zu verstecken."

Er knurrte. „Ich werde nicht zulassen, dass das passiert."

„Ich auch nicht, aber es erklärt ihre Abwesenheit." Mel ging ins Wohnzimmer. „Ich wünschte wirklich, sie hätte diese Austauschposition bei Lochguard angenommen. Es hätte ihr vielleicht gutgetan, mal vom Clan wegzukommen."

Tristan hielt mit seiner Gefährtin mit. „Wenn sie sich entschließt zu gehen, werde ich es gestatten. Aber ich werde sie nicht dazu ermuntern."

Mel sah ihn mit gehobenen Brauen an. „Gestatten? Tristan, mein Lieber, erinnere mich doch bitte daran, dass ich Arabella das erzähle, wenn ich sie das nächste Mal sehe."

„Sind Unterhaltungen zwischen Gefährten nicht privat?"

Sie kamen im Wohnzimmer an, und Evie grinste. „Vielleicht, aber wir haben es auch gehört. Und ich werde zusehen, dass ich ganz sicher dabei bin, wenn Melanie deiner Schwester erzählt, was du gesagt hast. Vielleicht bringe ich auch Popcorn mit."

Sein Drache knurrte. *In diesem Haus sind einfach zu viele Frauen. Beeilen wir uns.*

Ich könnte dir nicht mehr zustimmen.

Tristan berührte Mels Oberarm. „Verabschiede dich von den Zwillingen, und lass uns gehen. Bram wartet auf uns."

Auf dem Weg zum Laufstall, der als Wiege benutzt wurde, warf Mel ihm einen Blick zu. „Ich bin fünf Minuten früher fertig geworden, also immer mal langsam mit den jungen Pferden."

Er kämpfte gegen ein Lächeln an und verlor, sobald Mel abwechselnd ihren Babys über die Wange strich. Er war ein glücklicher Drachenmann, und er wusste es. Er hoffte nur, die Welt würde sich nach der Pressekonferenz zum Besseren hin verändern, nicht zum Schlechteren.

ALS MELANIE hinter dem Haupttor des Stonefire-Clans stand, kostete es sie Mühe, nicht mit offenem Mund dazustehen. Bram hatte sich einverstanden erklärt, eine Pressekonferenz direkt vor ihrem Anwesen anzusetzen, aber den Anblick vor ihren Augen hatte sie nicht erwartet.

Vor der Bühne mit dem Podium mussten mindestens hundert Leute stehen. Sicher, der sonnige Julitag war mit ein Grund dafür, aber ein anderer musste ihre Neugier sein. Sie weigerte sich anzunehmen, dass es ihren Hass oder ihre Ablehnung ausdrückte, egal, wie sehr Tristan zu erwarten schien, dass der Hass früher oder später sein hässliches Haupt heben würde.

Bram stand zu ihrer Linken und Tristan zu ihrer Rechten. Bram sah zu ihr hinunter. „Kai hat seine Beschützer in Position. Also, bist du bereit, Mädel? Sag etwas, und wir jagen sie davon."

Für den Bruchteil einer Sekunde wollte Mel nichts mehr als sich mit ihrem Gefährten und beiden Kindern in ihrem Cottage verstecken und die Welt da draußen vergessen. Aber was für ein Leben wäre das? Der Gedanke daran, dass ihre Kinder ihre menschliche Seite niemals annehmen oder auch nur kennenlernen könnten, half ihr dabei, einen Teil ihrer Nervosität zu vertreiben. Zum Teil machte sie das hier für sie, Murray und all die anderen Drachenwandler-Kinder der Welt. Sie hatten eine Chance verdient, ohne die tägliche Furcht leben zu müssen, was mit ihren Eltern oder auch ihnen selbst geschehen könnte, sobald sie erwachsen waren. Drachenwandler sollten für mehr bewundert werden als nur die Heileigenschaften ihres Blutes.

Nicht nur das, wenn alles gut lief, hätte sie vielleicht endlich Gelegenheit, ihre Familie und Freunde zu sich einzuladen. Sie liebte ihr Leben in Stonefire und war froh, dass die Technologie es ihr ermöglichte, mit ihrer Familie wenigstens zu kommunizieren, aber manchmal vermisste sie es, von Angesicht zu Angesicht mit anderen Menschen über ihr altes Leben reden zu können.

All das wird nicht passieren, wenn du nicht Rückgrat

zeigst und stark bist, Hall. Mel straffte die Schultern
und antwortete: „Ich bin bereit. Bringen wir das
hinter uns."

Bram nickte. Mit dem Anführer von Stonefire
auf einer und ihrem Gefährten auf der anderen
Seite fühlte Mel sich sicher. Die beiden
Drachenmänner würden nie zulassen, dass ihr etwas
geschah.

Als sie am Tor vorbei und zur Bühne gingen,
wurde die Menge still. Die Stille ließ ihren Magen
brennen und ihre Handflächen schwitzen.

Sobald Mel hinter dem Rednerpult stand,
zwang sie die Schmetterlinge in ihrem Bauch, sich
zu beruhigen, und nahm einen tiefen, stärkenden
Atemzug. Sie achtete darauf, mit lauter Stimme zu
reden, da es kein Mikrofon gab, und sprach die
Menge an. „Danke Ihnen allen für Ihr Kommen.
Ich bin Melanie Hall-MacLeod und die Autorin von
Die Drachen offenbaren. So gerne ich all ihre Fragen
beantworten möchte, der Tag hat nicht genug
Stunden, vor allem, da ich Mutter von Zwillingen
bin." Ein oder zwei Frauen in der Menge lächelten.
Das war besser als nichts. Sie fuhr fort: „Ich gebe
denen den Vorzug, die das Buch tatsächlich gelesen
haben. Wenn Sie etwas zu meinem Privatleben
fragen, verlieren Sie Ihr Privileg, Fragen zu stellen,
und ich nehme den nächsten dran. Also, wer ist der
Erste?"

Zwanzig Hände schossen in die Höhe, und alle
fragten gleichzeitig. Mel wählte eine der Frauen
aus, die auf ihren Kommentar hin gelächelt

hatten, und zeigte auf sie. „Ja? Was ist Ihre Frage?"

Der Rest der Menge wurde still. Zumindest waren sie gut erzogen. Die Frau mit Brille und brauen Haaren fragte: „In Ihrem Exposé erscheinen die Drachen fast menschlich, abgesehen von kleineren Unterschieden. Wie antworten Sie denen, die behaupten, Ihr Buch sei reine Fiktion und sollte nicht für bare Münze genommen werden?"

Mel achtete darauf, nicht die Stirn zu runzeln. „Ich habe einen Abschluss in Sozialanthropologie. Ich bin darin ausgebildet, zu beobachten und meine Erkenntnisse festzuhalten, und zwar so eindeutig, wie es nur geht. Auch wenn es unmöglich ist, meine Liebe für Stonefire vollkommen zu ignorieren, habe ich nicht über meine eigene Familie hier geschrieben. Ich habe über die Geschichte des Clans und allgemein über ihre Verhaltensweise geschrieben. Diejenigen, die glauben wollen, es sei Fiktion, werden ihre Meinung wohl nie ändern, es hat also keinen Sinn, mir Sorgen ihretwegen zu machen."

Dieselbe Frau hatte noch eine Anschlussfrage. „Ich habe mit einem ehemaligen Opfer gesprochen, das über seine Zeit beim Skyhunter-Clan berichtet hat. Ihre Erzählung ist vollkommen anders, sie wurde wie ein Bürger zweiter Klasse behandelt und das ganze Jahr, das sie dort verbracht hat, so ziemlich ignoriert. Was sagen Sie zu der Aussage dieser anderen Frau?"

Evie hatte Melanie auf diese Frage vorbereitet,

daher antwortete sie, ohne zu zögern. „Jeder Clan ist halbautonom, ungefähr wie ein Land in einem Land. Der naheliegendste Vergleich sind die Stämme der Ureinwohner in den Vereinigten Staaten. Wie der eine Stamm geführt wird, unterscheidet sich vom Nächsten. Nicht alle Drachenwandler-Clans haben dieselben Meinungen, Bräuche oder Verhaltensmuster. Laut einer ehemaligen Angestellten des Ministeriums für Drachenangelegenheiten hat Skyhunter eine besonders schlechte Bilanz und nutzt das britische Opfersystem aus. Eine einfache Anfrage beim MDA würde diese Aussage bestätigen, ich würde also die Worte eines ehemaligen Skyhunter-Opfers mit Vorsicht genießen und nicht verallgemeinern."

Die Frau nickte und schrieb etwas in ihren Notizblock.

Aus dem Augenwinkel sah Mel, wie sich ein Mann nach vorn drängte, und Tristan verkrampfte sich an ihrer Seite. Warnend legte sie eine Hand an seinen Arm. Der Mann war noch keine Bedrohung. Vielleicht wollte er nur näherkommen, um mit größerer Wahrscheinlichkeit eine Frage stellen zu können.

Sie konzentrierte sich wieder auf die Menge. Nun, da die ersten Fragen aus dem Weg waren, war ihr Selbstvertrauen wieder fast normal. Sie konnte annehmen, was immer ihr in den Weg geworfen wurde.

Mel klopfte mit der rechten Hand seitlich an das Rednerpult und drängte weiter. „Nächste Frage?"

Mehrere Hände schossen in die Höhe. Melanie deutete auf einen der Männer in der Menge. „Sie mit der grünen Krawatte, wie lautet Ihre Frage?"

Fast als hätten sie das geübt, ließ die Menge die Hände fallen und schwieg erneut. Der Mann mit der grünen Krawatte meldete sich zu Wort. „Ist Ihr Buch nur ein erster Schritt, um Westminster zu zwingen, möglichst einige der strengen Drachenwandlergesetze zu ändern?"

Derselbe Mann von vorhin kam noch weiter nach vorn. Sein kurzes, dunkles Haar betonte seine blauen Augen, aber nichts sonst an ihm war auffallend. Seine Kombination aus Anzug und Krawatte ähnelte denen aller anderen Männer in der Menge, doch sein Gesicht war hart. Der Ausdruck keiner, den sie bei einem Journalisten erwarten würde.

Wenn seine Erscheinung nicht schon merkwürdig genug war, hatte er nicht einmal die Hand gehoben, um eine Frage zu stellen.

Dann trafen die stechenden blauen Augen des Mannes für den Bruchteil einer Sekunde ihre, und ihre Nackenhaare stellten sich hoch. Selbst auf die Distanz zwischen ihnen hätte sie schwören können, dass brennender Hass in seinem Blick lag.

Ein Hass, den sie nicht verstand, wenn man bedachte, dass sie den Mann nie in ihrem Leben gesehen hatte.

Tristan drückte ihre Hand an seinem Arm. Sie konzentrierte sich wieder auf den Mann mit der grünen Krawatte und schob das Gefühl erst einmal beiseite. Sie musste bei der Presse einen guten ersten Eindruck hinterlassen. „Ich hoffe, mit meinem Buch die Aufmerksamkeit aller zu erregen. Es ist dreizehn Monate her, dass ich zuletzt meine Mutter und meinen Vater umarmen konnte, weil es illegal für sie ist, mich zu besuchen. Außerdem war es für mich riskant zu gehen, als ich schwanger war, und jetzt noch mehr, nachdem ich kleine Kinder habe, die zur Hälfte Drachenwandler sind. Die Journalisten, die vor drei Monaten nach Stonefire gekommen sind, hatten besondere Privilegien; meine Hoffnung ist, dass dasselbe Recht in naher Zukunft auch denjenigen zugestanden wird, die keine politischen Verbindungen haben."

Mel betrachtete die Menge. Sobald sie den Mann mit dem dunklen Haar und den blauen Augen gefunden hatte, ließ sie ihn nicht aus dem Blick. Er drängte sich noch näher ans Podium.

Sie sagte „Nächste Frage", obwohl sie wusste, wen sie wählen würde, wenn sie die Wahl bekam.

Der Mann, den sie beobachtete hatte, hob endlich seine Hand, und sie zeigte auf ihn. „Ja, Sie mit der braunen Krawatte und dem grauen Anzug."

Obwohl der Ausdruck des Mannes neutral war, ohne eine Spur des vorigen Hasses, wappnete sie sich intuitiv für das Schlimmste.

Der Mann fragte: „Menschen und Drachenwandler genießen den besten Frieden seit Jahrzehnten. Warum das riskieren?"

Etwas von der Anspannung in Mels Körper

löste sich. Seine Frage war einigermaßen harmlos. „Nur, weil Menschen und Drachenwandler einander jetzt seltener töten als in den vergangenen Jahrzehnten, heißt das nicht, dass es friedlich ist. Wir sollten gemeinsam an einer besseren Zukunft arbeiten, uns nicht hinter unseren Kulturen verstecken und so tun, als würden die anderen nicht existieren, es sei denn, es ist nützlich."

Eine männliche Stimme in der Menge rief: „Sie hätten Politikerin werden sollen!"

Andere in der Menge lachten. Mel lächelte, doch bevor sie antworten konnte, kam der Mann im grauen Anzug und mit der braunen Krawatte ihr zuvor. „Wer möchte im Parlament von einer Drachenhure vertreten werden?"

Tristan knurrte, und sie legte eine Hand an seine Brust. Sie sah hinüber zu ihrem Drachenmann und schüttelte kaum merklich den Kopf. Dann blickte sie zurück zu dem Mann in der Menge. „Sie sind ganz offensichtlich einer der Menschen, die nicht offen sind, und nichts, was ich sage, wird das ändern. Ich denke, Sie sollten gehen."

Aus dem Augenwinkel sah sie, wie Bram zwei Beschützer, die um die Menge Wache standen, ein Signal gab. Die Beschützer bewegten sich auf den Mann zu. Sie waren kaum einen Schritt gegangen, da hob der Mann eine Faust. Im Bruchteil einer Sekunde hatten drei Anwesende, dazu der, der die Beleidigung ausgesprochen hatte, Waffen gezogen und geschossen. Als das Geräusch von Schüssen sich mit den Schreien der Menge vermischte, konnte

Mel kaum blinzeln, bevor Tristan sie zu Boden warf und ihren Körper mit seinem eigenen bedeckte. Ihr Gefährte befahl ihr: „Unten bleiben!"

Da sie nicht erschossen werden wollte, blieb Mel, wo sie war.

TRISTAN KONNTE BLUT RIECHEN.

Es war zu weit von Mel entfernt, aber es brachte seinen Drachen dennoch in Rage. Sein inneres Tier brüllte. *Töte die Bedrohung unserer Gefährtin. Sie lebt nur meinetwegen und wegen meiner Reflexe.*

Anstatt mit seinem Drachen zu streiten, konzentrierte sich Tristan auf das, was wichtig war. *Wenn wir sie töten, kommen wir in ein menschliches Gefängnis. Möchtest du, dass Melanie und die Zwillinge auf sich selbst gestellt sind?*

Niemals.

Gut, dann lass mich die Situation einschätzen. Ich verlasse mich auf deine Intuition und deinen Blick fürs Detail. Ich bitte dich bald um deine Hilfe.

In seinem Kopf ging sein inneres Tier auf und ab. Tristan ließ es und rieb mit einer Hand den Arm seiner Gefährtin, während er flüsterte: „Bist du irgendwo verletzt, Liebes?"

Ihre Stimme schwankte, als sie antwortete: „Nein, mir geht es gut. Ich hatte so ein Gefühl bei dem Mann, Tristan. Ich hätte auf meinen Bauch hören sollen."

„In der Sekunde, als er dich beleidigte, hätte ein

Beschützer sich um ihn kümmern sollen. Ich werde nachher mal ein Wörtchen mit Kai reden."

Mels Finger strichen über seinen Unterarm: „Kai ist völlig überlastet mit den zusätzlichen Patrouillen für den Fall eines Drachenjägerangriffs und jetzt dieser Pressekonferenz. Ich bin mir nicht sicher, ob er mehr hätte tun können, um die Schießerei zu verhindern."

Sein Drache meldete sich zu Wort. *Du hättest mir erlauben sollen, sie zu beschützen.*

Fang nicht damit an. Unsere Gefährtin braucht uns. Möchtest du wirklich, dass ich mit dir diskutiere, anstatt mich um sie zu kümmern?

Seine Antwort war Schweigen.

Mels Finger streichelten wieder seine Haut. „Tristan? Stimmt etwas nicht?"

„Tut mir leid, Liebes. Mein Drache ist gerade nicht glücklich." Er schmiegte sich an ihre Wange und fügte hinzu: „Und ich rieche keinen Tod in der Luft. Bram und die Beschützer sollten unterdessen alles im Griff haben."

„Heißt das, du lässt mich aufstehen?"

„Nein, nicht, ehe die Schießerei aufhört. Ich werde nicht dein Leben riskieren."

Unter normalen Umständen hätte seine Gefährtin etwas dagegen gesagt. Ihr Schweigen sprach Bände darüber, wie nervös die Schüsse sie gemacht hatten.

Zufrieden damit, seine Gefährtin stillschweigend beschützen zu können, und nachdem ihr Duft seinen Drachen genug beruhigt hatte, um nicht die

Kontrolle zu übernehmen, dauerte es nicht lang, bis Brams Stimme seine Ohren erfüllte. „Tristan, Melanie, es ist Zeit, euch in Sicherheit zu bringen."

Tristan wandte seinen Kopf und sah seinem Clan-Anführer in die Augen, hielt aber inne, als er die Schnittwunde an seinem Arm bemerkte. Die Wunde sah nicht schlimm aus, und er würde seinen Clan-Anführer nicht mit der Frage beschämen, ob es ihm gut ginge. Stattdessen verlangte er zu erfahren „Ist die Bedrohung unter Kontrolle? Vorher lasse ich Mel nicht aufstehen."

Seine Gefährtin schnaubte. „Tristan MacLeod, wenn Bram sagt, es ist in Ordnung, lass mich aufstehen."

Bram nickte. „Aye, sie hat recht. Die Bedrohung ist unter Kontrolle. Zumindest erst einmal. Ich kann meine Beschützer die Situation nicht weiter untersuchen lassen, bis ihr beide in Sicherheit und aus dem Weg seid."

Die Stimme seiner Gefährtin war jetzt weicher. „Tristan, bitte. Ich möchte nur nach Hause und meine Babys in den Arm nehmen, um mich zu vergewissern, dass sie leben."

Da er ihrem sanften Tonfall nicht widerstehen konnte, zog Tristan sich hoch und reichte Mel dann seine Hand. Sie nahm sie, und er zog sie an seine Seite. Seine Gefährtin sah zu Bram und schnappte nach Luft. „Bram, du bist verletzt. Geht es dir gut?"

Während sein Clan-Anführer Mels Ängste beschwichtigte, nutzte Tristan die Gelegenheit, sich umzusehen.

Die drei menschlichen Männer und eine Frau, die Waffen gezogen hatten, wurden gerade zehn Meter weiter gegen eine Felswand gedrückt, ihre Hände auf dem Rücken. Auf keinen Fall würden sie in naher Zukunft entkommen.

Sein Drache knurrte. *Wir sollten ihnen eine Lektion erteilen, damit sie nie wieder das Leben unserer Gefährtin bedrohen.*

Die Beschützer werden ihren Job erledigen. Wir müssen Mel nach Hause bringen.

Sein inneres Tier schnaubte. *Sie zu töten ist immer noch die beste Option. Was, wenn sie entkommen?*

Das ist höchst unwahrscheinlich. Und jetzt halt die Klappe, damit ich mich um unsere Gefährtin kümmern kann. Sie braucht uns jetzt.

Nachdem sein Drache zustimmend gegrummelt hatte, sah sich Tristan auch den Rest der Umgebung an, um sicherzustellen, dass es keine weiteren Bedrohungen gab. Die menschlichen Journalisten waren auf einer Seite versammelt, und zwei Beschützer sprachen der Reihe nach mit ihnen.

Trotz der ängstlichen Blicke und obwohl sie unruhig zappelten, konnte jeder der Menschen eine Waffe bei sich haben. Es war nur ein guter Schauspieler nötig, um die Beschützer zu täuschen.

Aufgrund der Distanz jedoch und weil zwei der ältesten Beschützer auf sie aufpassten, war Tristan zufrieden und konnte Mel in Sicherheit bringen. Wenn einer von ihnen versuchte, eine Waffe zu ziehen, hätte Tristan Zeit genug zu wandeln. Eine verirrte Kugel hätte gegen Drachenhaut keine Chance.

Tristan zog seine Gefährtin eng an sich und sah gerade zurück zu seinem Anführer, als Bram ihm befahl: „Sag Evie nichts von dem Kratzer, sonst findet sie einen Weg herzukommen, Mel."

Melanie seufzte. „Na schön. Früher oder später wird sie es aber herausfinden."

Bram lächelte schief. „Aye, und ich werde dafür zahlen müssen. Damit kann ich umgehen." Bram sah Tristan an. „Wir sollten jetzt wirklich gehen. Ich kann euch zum Tor begleiten, aber nicht den ganzen Weg zum Cottage. Ich werde hier gebraucht."

Tristan nickte. „Gut, dann lass uns gehen."

Als sie sich auf den Weg zum Haupttor machten, meldete Tristans Drachen sich zu Wort. *Ich habe mir die Gesichter der Angreifer gemerkt. Wir können sie später jagen.*

Nein. Ich bin Lehrer, kein Soldat.

Ist mir egal. Wenn es eine weitere Bedrohung gibt, werde ich mich gegen dich wehren und die Kontrolle übernehmen.

Vom Tonfall seines inneren Tieres wusste Tristan, dass sein Drache das nicht so dahinsagte. *Es wird keine Bedrohungen mehr geben. Ich bringe unsere Familie in Sicherheit.*

Sein Drache grunzte. *Dem wird sie nie zustimmen.*

Das bedeutet nicht, dass ich es nicht versuchen werde.

Tristan festigte seinen Griff an Mels Schulter. Als sie fragend zu ihm aufsah, schüttelte er den

Kopf. Er würde den Kampf mit seiner Gefährtin fechten, wenn sie allein waren.

Kapitel Vier

Mel lehnte sich auf dem ganzen Weg nach Hause an ihren Gefährten. Sein Körper war fast so angespannt wie ihrer, nicht, dass sie ihm das hätte vorwerfen können.

Tristan ging es nicht um seine eigene Sicherheit. Er war ihretwegen so angespannt.

Während ein Teil von ihr ihn wegen seiner protektiven Art liebte, wollte der Rest seufzen. Ein großer Kampf stand bevor. Sowohl Mann als auch Tier mochten es nicht, wenn ihr Leben bedroht war. Da sie ihren Gefährten kannte, würde er sie wahrscheinlich wegsperren wollen, bis sie wieder in Sicherheit war.

Melanie hatte diese Zeit nicht. Es gab ein kleines Fenster zwischen dem Angriff bei der Pressekonferenz und den verschiedenen Berichten in den Medien, die ihre eigene Wendung sowohl ihres Buchs als auch der Schießerei brachten. Sie musste einen Weg finden, stärkere Unterstützung auf ihre Seite zu bringen.

Plötzlich tauchte eine Idee in ihrem Kopf auf, doch sie schob sie beiseite. Sie wollte vielleicht die Welt ändern, aber sie würde nicht einen ihrer Freunde dafür ausnutzen.

Auch wenn sie es versucht hatte, doch Mel war noch keine andere Idee gekommen, als sie ihre Haustür erreichten. Beim Anblick des zweistöckigen Cottages verblassten der Angriff und die Ideen einer Veränderung, und Mel konnte nur noch an ihre Babys denken.

Sie eilte durch die Tür an Evie und Samira vorbei und nahm ihren Sohn. Als sie das leichte, warme Bündel an ihre Brust drückte und den Duft seines Babypuders einatmete, trat Evie neben sie. „Bram hat mir eine Nachricht geschickt, etwas über eine Schießerei bei der Pressekonferenz. Ich habe ihn wegen Details gelöchert, aber ich habe noch keine Antwort. Was zum Teufel ist passiert?"

Da Tristan die Gefahr nur verharmlosen würde, erzählte Mel, was passiert war, nur nichts von Brams Wunde, wie sie es versprochen hatte.

Stirnrunzelnd verschränkte Evie die Arme vor der Brust. „Ich wusste, dass so etwas passieren würde. Ich habe versucht, Bram zu überzeugen, dass er sich darum kümmern sollte, die Pressekonferenz auf Stonefire-Land abzuhalten."

Tristan öffnete den Mund, doch Mel kam ihm zuvor. „Das wäre sogar noch gefährlicher gewesen. Was, wenn einer der Schützen entwischt wäre? Er oder sie hätte sich an unsere Kinder ranschleichen können."

Evie war mit ihrer Antwort genauso erbittert. „Ich bin nicht blöd, Tristan. Sie wären natürlich durchsucht und abgetastet worden."

Da sie das Gefühl hatte, gleich würde hier ein Pulverfass in die Höhe gehen, stellte Mel sich zwischen die beiden. „Hört auf, ihr zwei. Mit eurem Geschrei weckt ihr nicht nur die Babys auf, es bringt auch nichts. Die Pressekonferenz ist vorbei und Geschichte. Wir müssen jetzt an die Zukunft denken."

Tristans Blick schwang zu ihrem. *Mist.* Seine Pupillen waren Schlitze. „Richtig, beispielsweise nach Skye ziehen, bis Stonefire wieder sicher ist."

Nur wegen des Babys in ihrem Arm hob Mel nicht die Stimme. „Nein." Er öffnete den Mund, doch sie kam ihm zuvor. „Ich bin diejenige, die den Clan möglicherweise in Gefahr gebracht hat. Ich bleibe. Ich werde auch meine Interviews halten."

Tristan trat einen Schritt auf sie zu, seine Pupillen waren zumindest wieder rund. „Weitere Interviews zu geben ist verrückt; damit lädst du nur den nächsten ein, dich anzugreifen. Anders als heute werden sie dann auf Armeslänge entfernt sein. Würdest du wirklich das Risiko eingehen, deine Kinder mutterlos zu machen?"

Sie verengte die Augen und schaffte es irgendwie, nicht zu brüllen. „Nun trag mal nicht so dick auf, Tristan MacLeod. Ich tue das für unsere Kinder. Du bist auf Stonefire-Land aufgewachsen und es gewohnt, nur selten rauszukommen. Aber unsere Kinder sind zur Hälfte Menschen, und sie verdienen eine Chance, beide Seiten ihres Erbes kennenzulernen. Ich werde darum kämpfen, ihnen diese Chance zu geben, ob es dir gefällt oder nicht."

Tristan trat einen weiteren Schritt vor. „Ich möchte doch auch, dass sie ihre menschliche Seite kennenlernen, aber nicht auf Kosten deines Lebens."

Sie wurde einen Hauch sanfter. „Ich habe nicht vor zu sterben, Tristan. Ich bin schlau und besitze gesunden Menschenverstand. Lass es mich auf meine Art probieren, und wenn wieder etwas vorfällt, führen wir noch einmal diese Diskussion." Er richtete sich höher auf, und sie drängte weiter. „Ich sagte, dass ich nicht gehen werde, aber ich werde wenigstens darüber nachdenken, Jack und Annabel wegzuschicken."

Tristan starrte sie an, und ihr Herz schlug doppelt so schnell. Er war ein protektiver Drachenwandler; das wusste sie, aber wenn sie ihm Zeit geben musste, um abzukühlen, würde sie ihm die geben.

Wie auch immer, bevor ihr Gefährte reagieren konnte, warf Evie mit ungläubigem Tonfall ein: „Es ist noch etwas anderes passiert."

Sowohl Mel als auch ihr Gefährte wandten ihren Blick zu Evie. Melanie fragte: „Was?"

Evie sah auf, ihr Gesicht war blass. „Es gab eine Meldung über BBC News. Sowohl das Londoner

MDA als auch das in Manchester wurden angegriffen."

Mels verbleibende Wut milderte sich, als sie den Blick im Gesicht ihrer Freundin sah. Evie liebte es, mit ihrem Gefährten Bram zu leben, doch sie hatte acht Jahre ihres Lebens beim MDA verbracht, bevor sie zum Stonefire-Clan gekommen war. „Geht es allen gut?"

Samira berührte Evies Schulter und führte sie zur Couch. Mit dem beruhigenden Tonfall, für den sie berühmt war, versuchte Samira, sie zu trösten. „Setz dich, Evie, und erzähl uns alles."

Evie ließ sich auf die Couch fallen und sah der Reihe nach Mel, Tristan und Samira an. „Jemand hat im Londoner Büro eine Bombe hochgehen lassen. In Manchester gab es einen bewaffneten Überfall."

Mel setzte sich neben ihre Freundin. „Oh, Evie, das tut mir so leid."

Die starke, sonst so lebhafte Evie blinzelte Tränen zurück. Das ließ Mels Herz ganz schwer werden.

Evies Stimme brach. „Sie kennen noch nicht das Ausmaß des Schadens oder die Zahl der Verletzten."

Mel legte eine Hand an die Wange ihrer Freundin. „Wissen sie schon, wer es war?"

Evie schüttelte den Kopf. „Noch nicht. Nach dem, was heute passiert ist, habe ich das Gefühl, dass es einen Zusammenhang gibt." Evies Augen blitzten entschlossen. „Weder die Waffenangriffe auf

Menschen noch die Bombe sind für Drachenjäger typische Vorgehensweisen. Es muss eine der anderen Anti-Drachenparteien sein."

Auch wenn ihre Freundin es nicht aussprach, Mel verstand es. „Vermutlich ausgelöst durch mein Buch."

Evie legte eine Hand auf Mels und drückte sie. „Mach dir keine Vorwürfe. Wenn nur ein Buch nötig war, um diese Attacken auszulösen, dann wäre es sowieso irgendwann passiert. Verrückte suchen nach den geringsten Anlässen, um für Schaden zu sorgen. Außerdem, wenn das MDA dein Buch eigentlich nicht beachten wollte, hat sich das jetzt geändert. Du wirst mehr Unterstützung erhalten, als du dir je für die Veröffentlichung von *Die Drachen offenbaren* erträumt hast."

Mel hätte erleichtert sein sollen, aber der Gedanke daran, dass es das Leben Unschuldiger forderte, ihre Sache zu unterstützen, gefiel ihr gar nicht.

Jack wand sich in ihren Armen und fing dann an zu weinen. Tristan, Samira und Evie gingen alle, um ihn zu nehmen, aber Melanie legte ihren Sohn an ihre Schulter und stand auf. „Ich kümmere mich um ihn." Sie sah zu Tristan. „Sieh nach, ob Bram eine Minute hat. Er möchte vermutlich von den Angriffen aufs MDA erfahren, und Evie könnte seine Unterstützung brauchen."

Evie öffnete den Mund, um zu protestieren, aber Tristan unterbrach sie. „Ich werde ihn finden."

Als ihr Gefährte sich umdrehte und ging, wachte

auch ihre Tochter auf und weinte gemeinsam mit ihrem Bruder. Seufzend machte Mel sich daran, sich um ihre Kinder zu kümmern. Die Ereignisse hatten einen Schneeballeffekt. Bald schon in den kommenden Tagen hätte sie vielleicht keine Gelegenheit mehr, sich um ihre Kinder zu kümmern, geschweige denn, sie zu knuddeln. Sie würde die Zeit, die sie hatte, auskosten.

TRISTAN BESCHLEUNIGTE seinen Gang Richtung Haupttor. Jeder Schritt weg von seiner Familie widersprach seinen Instinkten, aber Bram musste die Information über die Angriffe aufs MDA erhalten.

Auch wenn er widerwillig Evie als Brams Gefährtin akzeptierte, stand er der Menschenfrau nicht nahe. Er machte das nur, weil Melanie ihn gebeten hatte, zu gehen. Sonst hätte die verdammte Frau das selbst machen können.

Sein Drache drängte sich in den Vordergrund seiner Gedanken. *Du warst nicht in der Lage, ihre Meinung zu ändern. Wenn es gefährlich wird, werde ich dafür sorgen, dass sie in Sicherheit kommt.*

Nein.

Sie wird wegen deiner Nachlässigkeit sterben.

Das stimmt nicht. Deine Wege werden sie verjagen. Sie wird nicht bleiben, wenn sie sich gefangen fühlt. Willst du, dass sie uns verlässt?

Sie ist unsere Gefährtin. Wird sie nicht.

Anstatt zu streiten, verbannte er das Tier in seinen Hinterkopf. Zumindest waren die Anschläge in Manchester und London gewesen. Ihm gefiel den Tod anderer Menschen nicht, aber die Distanz milderte einige seiner Ängste über das Leben seiner Gefährtin. Zweifellos war der Angriff auf der Pressekonferenz vorhin mit den beiden anderen Anschlägen verbunden, was bedeutete, dass Melanie nicht das einzige Ziel war.

Tristan erreichte das Tor und wurde von einem der Beschützer durchgewinkt. Er sah sich um und entdeckte Bram, der mit Kai redete, dem Oberhaupt der Beschützer des Stonefire-Clans. Er bewegte sich in ihre Richtung.

Als er näherkam, sah Bram auf und runzelte die Stirn. „Tristan, warum bist du hier? Ich weiß, du willst mithelfen bei denen, die deine Gefährtin bedroht haben, aber der beste Ort dafür ist an ihrer Seite."

Tristan grunzte. „Deine Gefährtin braucht dich."

Bram drehte sich zu ihm um, seine Augen suchten Tristans. „Was ist passiert? Geht es ihr gut? Ist es das Baby?"

„Evie ist körperlich in Ordnung. Und soweit ich weiß, trägt sie immer noch dein Junges,"

„Dann fang an zu reden, weil das unnötig war", spuckte Bram aus.

„Das war nicht der einzige Angriff heute. Es gab eine Schießerei im Büro des MDA in Manchester, und in London ist eine Bombe hochgegangen. Deine Frau ist aufgebracht."

Kai warf ein: „Hast du Einzelheiten?"

Tristan schüttelte den Kopf. „Nein, die Nachrichtenmeldung war vage."

Kai sah zu Bram und sagte: „Geh zu deiner Gefährtin. Ich kann hier übernehmen, und ich werde auch sehen, was meine Kontakte aus meiner Zeit bei der Army mir sagen können."

Bram nickte. Als Kai sein Handy rausnahm und wegging, blickte Tristan zu seinem Clan-Anführer zurück. „Hast du weitere Informationen über den Anschlag hier gefunden?"

Bram nickte mit dem Kopf Richtung Tor. „Lass uns beim Gehen reden." Unterwegs fuhr Bram fort: „Die vier Schützen sind derzeit bei Zain. Sie haben sich uns nicht geöffnet, aber wenn sie jemand zum Reden bringen kann, dann ist es dieser hoch aufragende Drachenmann."

Zain war einer der Beschützer, die vor vier Monaten ihre Verhörkünste bewiesen hatten, als Brams Gefährtin entführt worden war. „Deine Gefährtin hält die Schützen nicht für Drachenjäger."

Sein Clan-Anführer sah ihn an. „Ich stimme zu, aber meine Gefährtin hat einen Namen, Tristan. Würde es dich umbringen, sie Evie zu nennen?"

Er grunzte. „Sie ist deine Frau und deine Gefährtin. Ich werde ihr nie etwas tun, aber Melanie ist die einzige menschliche Frau, die mir wichtig ist."

Bram sah ihn schief an. „Lass Mel das nicht hören."

Tristan ignorierte die Bemerkung seines Freundes. „Wenn es nicht die Drachenjäger sind, für wen, glaubst du, arbeiten die Schützen?"

„Es könnte jeder Extremist sein, vom alten Orden der Drachenritter bis hin zur ultrakonservativen Puristischen Partei."

„Politiker planen keine Angriffe wie heute. Außerdem war die Schießerei sehr amateurhaft, was jede Gruppe mit tödlichem Ruf ausschließt."

Bram hob eine Braue. „Ich stimme zu, was Banden und Gruppen mit Ruf angeht, aber ich lasse die Politiker nicht so leicht fallen. Sie haben den Angriff vielleicht nicht selbst geplant, aber wenn sie einen ihrer Anhänger dazu bewegen können, können Politiker die Ereignisse zu ihrem Vorteil nutzen."

„Ich habe kein Interesse an Menschenpolitik, daher kann ich dazu nichts sagen. Aber wenn wir sie und die Gruppen der organisierten Kriminalität ausschließen, könnte etwas Ähnliches wie der Orden der Drachenritter noch da sein? Auch wenn niemand eine Stahlrüstung anlegen und Drachen töten will, ist eine Gruppe, die die Lebensweise der Drachen zerstören will, eine Möglichkeit."

Bram schüttelte den Kopf. „Ich habe nichts gehört. Vielleicht sollten wir Evies Freundin fragen, die viel zu viel über unsere Art weiß; sie könnte uns etwas sagen."

„Versteckt sich die menschliche Frau nicht?"

„Doch, aber nach dem kurzen Austausch, den ich mit Evies Freundin Alice geführt habe, wird das Verstecken sie nicht davon abhalten, herauszufinden, was sie wissen will. Wenn ein Gerücht herumschwirrt, wird sie es erfahren."

Tristan runzelte die Stirn. „Trotzdem, ich mag keine Gerüchte. Gibt es Beweise dafür?"

Bram schüttelte den Kopf. „Nein, aber wir werden abwarten, was Kai und die Nachrichten uns zu sagen haben. Ich bin sicher, dass Evie in ein paar Stunden Alice kontaktieren kann, um zu sehen, was der Mensch bis dahin ausgegraben hat."

Das Gespräch versiegte, und sie setzten ihren Weg still fort. Da Tristan und Bram fast dreißig Jahre lang befreundet waren, war das nicht angespannt. Aber da sein Freund auch mit einer starken menschlichen Frau gepaart war, konnte Bram vielleicht einen Rat haben, wie man mit Melanie umging, wenn Tristan es schaffte zu fragen.

Bevor er es sich anders überlegen konnte, sagte Tristan: „Würdest du deine Frau in Sicherheit bringen, auch wenn sie es nicht wollte?"

Bram hielt an, und Tristan folgte seinem Beispiel. Sein Anführer sah ihm eine Sekunde lang in die Augen, bevor er sagte: „Wenn ich die Bedrohung tatsächlich auf sie zukommen sehen könnte, dann ja, das würde ich. Aber wenn die Bedrohung kaum da ist, ohne irgendwelche Details, dann nein, Evie ist wie Melanie und würde mich hassen, wenn ich sie gegen ihren Willen versteckte. Melanie liebt dich, Tristan, aber eine Gefangene zu sein, würde sie langsam lebendig auffressen. Sie muss mit anderen interagieren, besonders mit dir. Auch wenn es dir vielleicht nicht gefällt und dein Drache schreit, sie wegzubringen, arbeite mit ihr, sonst könntest du sie verlieren."

Sie wird uns nicht verlassen.

Halt die Klappe, Drache. Du bist keine verdammte Hilfe.

Mit einem Knurren zog sich sein Tier zurück.

Bram starrte ihn weiter an und wartete auf eine Antwort, also murmelte er: „Ich werde das berücksichtigen."

Tristan ging, und Bram holte ihn in zwei Schritten ein. Sein Freund fügte hinzu: „Ich habe bereits Finlay Stewart wegen des Angriffs kontaktiert. Die Beziehungen zwischen den Schotten und dem Lochguard-Clan sind freundschaftlicher, etwas im Kampf gegen die Engländer hat vor Jahrhunderten eine noch bestehende zarte Verbindung geschaffen, und er ist zuversichtlich genug, um Hilfe zu schicken. Obwohl er dieses Mal nicht selbst herkommen kann, um zu helfen, wird er dieselben Beschützer schicken, die beim letzten Mal gekommen sind, um bei der Sicherheit zu helfen. Falls kein Angriff aus der Luft erfolgt, sollten Mel und eure Kinder sicher sein."

Tristan glaubte seinen Worten, und dieses Vertrauen löste ein wenig seine Anspannung. „Danke, Bram. Ich darf sie nur einfach nicht verlieren."

Bram klopfte ihm auf die Schulter. „Ich weiß, Tristan, ich weiß. Mir geht es genauso mit Evie."

Tristans Drache schnaubte. *Bring unsere Gefährtin nach Skye. Dann verlieren wir sie nicht.*

Es gibt mehr als einen Weg, eine Gefährtin zu verlieren, Drache.

Sie erreichten Tristans Haus. Als sie in der Tür waren, rief Bram: „Evie Marie?"

Mit Murray auf ihrer Hüfte kam Evie zu ihm und legte ihren Kopf gegen Brams Brust. Während der Clan-Anführer seine Gefährtin mit Worten und Berührung beruhigte, ging Tristan in den Wohnbereich.

Melanie saß auf der Couch, während Annabel in ihren Armen schlief. Ein kurzer Blick sagte ihm, dass Samira Jack im Sessel seitlich liegen hatte.

Als er Samira seinen Sohn abnahm, stand sie auf und lächelte. „Jetzt, wo du zurück bist, sollte ich nach Hause gehen. Liam wartet auf mich." Samira sah Mel an. „Kommst du ohne mich zurecht?"

Mel lächelte. „Natürlich. Geh zu deiner Familie. Tristan kann die andere Hälfte der Babyarbeit vorerst übernehmen."

Als Samira weg war, setzte Tristan sich neben seine Gefährtin, legte seinen freien Arm um ihre Schultern, und sie lehnte ihren Kopf gegen ihn. Sie seufzte. „Danke, dass du Bram hergebracht hast."

„Ich weiß es besser. Noch fünf Sekunden, und du hättest mir das weinende Baby gegeben und wärst zur Tür gegangen, um Bram selbst zu holen." Er drückte ihre Schulter. „Hast du noch etwas über die Anschläge herausgefunden, während ich draußen war?"

„Nein. Evie konnte ihre Freundin, die sich gerade versteckt, nicht kontaktieren; du weißt schon, die, die all das Wissen über Drachenwandler hat? Sie macht sich Sorgen, dass Alice etwas zugestoßen sein könnte."

Tristan rieb den Arm seiner Gefährtin. „Die Frau versteckt sich seit fast einem Jahrzehnt. Ich bin mir sicher, es geht ihr gut."

Melanie lehnte sich in seine Berührung. „Das hoffe ich wirklich."

Bram erschien mit seinem Sohn in einem Arm in der Tür und umarmte seine Gefährtin mit dem anderen, sein Gesicht grimmig. „Kai hat mir gerade eine SMS über die Anschläge geschickt."

Tristan hob eine Braue. „Und?"

Bram seufzte. „Der Orden der Drachenritter bekennt sich zu dem Anschlag."

Kapitel Fünf

D arauf bedacht, leise zu sprechen, damit die Babys nicht aufwachten, fragte Melanie: „Die gleichen Drachenritter wie die in den Legenden, die William erzählt, wenn er zu viel trinkt?"

Bram nickte. „Und auch wenn die meisten Menschen sie für Legenden halten, waren die Drachenritter real. Sie verschwanden vor dreihundert Jahren dank des Drucks von Denkern und Wissenschaftlern der Aufklärung, die die Drachenwandler vor dem Aussterben retten wollten. Wegen ihres jahrhundertelangen Schweigens sehe ich ihr Bekenntnis skeptisch."

Mel blinzelte. „Warte mal. In all meinen Nachforschungen hat niemand je erwähnt, dass die Ritter echt sind. Warum nicht?"

Tristan drückte ihre Schulter, und sie sah zu ihm. „Weil, Liebes, wir glaubten, sie seien längst weg. Wir wollten niemanden inspirieren, etwas Ähnliches wieder anzufangen."

Melanie betrachtete ihren Gefährten. „Du sollst keine Geheimnisse vor mir haben, Tristan."

In Tristans Augen blitzte Unsicherheit auf, aber Bram meldete sich zu Wort, bevor ihr Gefährte antworten konnte. „Das war auf meinen Befehl hin, Mel. Das Wort eines Clan-Anführers ist das Einzige, das dem eines Gefährten überlegen ist."

Ihre Kehle verengte sich, weil sie ausgeschlossen worden war, aber Mel schob es beiseite. „Du denkst also immer noch nicht, dass ich zum Clan gehöre? Oder dass ich ein Geheimnis kennen und es bewahren könnte? Wie du heute gesehen hast, hat die Veröffentlichung dieses Buches großen Schaden angerichtet und mein Leben bedroht. Du schuldest mir wenigstens absolute Ehrlichkeit."

Bram scharrte mit den Füßen. Evie stupste ihn mit dem Ellbogen an, und nach einem kurzen Blick auf Evie konzentrierte sich Bram mit Bedauern in seinen Augen auf Melanie. „Es tut mir leid, Mädel. Die Entscheidung wurde kurz nachdem du empfangen hattest getroffen, als du nach dem Schreiben des Buches fragtest. Mit der Zunahme der Drachenjägerangriffe an unseren Grenzen und Evies Entführung habe ich es ganz vergessen. Ich werde den Befehl beim gesamten Clan aufheben, sobald die Bedrohung vorüber ist, und es wird nicht wieder vorkommen."

Brams Worte linderten ihren Schmerz. „Ich brauche jetzt Antworten, Bram, sonst kann ich nicht anders und lasse mir was einfallen, wie ich die Bedrohungen bekämpfen kann."

Der Anführer des Stonefire-Clans nickte. „Frag nur, Mädchen. Ich habe ein paar Minuten."

Fakten waren wichtiger als die Vergangenheit, also fuhr Mel fort: „Gut, damit ich das richtig verstehe. Wir haben nicht nur die Drachenjäger, die euch alle in eine Falle locken und euer Blut aussaugen wollen, wir haben jetzt auch Ritter, die euch töten wollen? Zu welchem Zweck? Einen Drachen zu töten, bringt ihnen kein Ansehen."

Bram antwortete: „Tut mir leid, Mädchen, aber da liegst du falsch. Sie verdienen sich nicht nur einen Ruf in kriminellen Kreisen, weil es verdammt schwer ist, einen Drachen zu töten, sondern werden auch Ansehen bei ihren Mitrittern erlangen. Wenn sie wirklich zurück sind, werden sie gegeneinander konkurrieren, und es wird nicht mehr lange dauern, bis Fans sie romantisieren und ihre Arbeit aus der Ferne bewundern."

Evie meldete sich zu Wort. „Warum zum Teufel sollte jemand jubeln, wenn Drachen niedergemetzelt werden? Es wäre doch auch ihr heilendes Blut vergeudet."

Bram sagte gedehnt: „Schön zu sehen, dass du uns mit anderen medizinischen Raritäten gleichsetzt und uns nicht als Individuen siehst."

Evie schlug ihrem Gefährten auf die Brust. „Hör auf, Bram. Aus logischer Perspektive ergibt es wenig Sinn, einen Drachen zu töten. Sie können keine Trophäen oder den Respekt eines Königs oder

Adligen gewinnen. Ganz zu schweigen davon, dass es illegal ist und das MDA sich auf sie stürzen wird."

Mel erinnerte sich an etwas aus ihrer Zeit, als sie in den letzten Monaten mit Evie gearbeitet hatte. Sie lehnte sich ein wenig vor und sah ihre Freundin an. „Aber hast du nicht erwähnt, dass der nächste im MDA das Opfersystem abbauen und das MDA im Wesentlichen zerstören wollte? Jonathan so und so."

Evies Mund fiel kurz auf, bevor sie sich sammeln konnte. „Jonathan Christie. Er würde von den alten Drachenrittern wissen. Und nicht nur das, durch den Angriff auf das Londoner MDA-Büro hätte er sicher auch die Leiterin des MDA, Regina Ward, getötet."

Mel runzelte die Stirn. „Hat dieser Christie-Typ Verbindungen, um so etwas wie heute abzuziehen?"

Evie zuckte mit den Schultern. „Ich habe keine verdammte Ahnung. Der Mann war weit oben in der Hierarchie. Ich habe ihn bei Veranstaltungen der gesamten Abteilung nur aus der Ferne gesehen."

Tristan meldete sich zu Wort. „Das ist nur eine Vermutung. Wo ist der Beweis?"

Bram schüttelte den Kopf. „Wir haben uns gerade erst die Theorie ausgedacht, Tristan. Gib uns etwas Zeit, das zu beweisen."

Mel schob die Worte ihres Gefährten beiseite. „Wenn wir es beweisen können und Christie hinter der Rückkehr der Drachenritter steckt, dann haben wir ein größeres Problem." Sie blickte zu Evie zurück. „Wenn die Leiterin des MDA tot ist, wer ist dann verantwortlich?"

Evies Gesicht wurde finster. „Jonathan Christie."

Mel fuhr fort. „Richtig, wenn er also das Sagen hat, ignoriert er die Drachenritter, und sie werden weiterhin Terroranschläge verüben. Keine weibliche Person, die bei Verstand ist, würde sich freiwillig als Opfer melden. Die Opfer und ihre Familien würden sich nicht zu Zielscheiben machen, sondern sich dem Schwarzmarkt für Drachenblut zuwenden."

Bram nickte. „Richtig, was den Jägern zugutekommt." Der Anführer von Stonefire blickte auf seine Gefährtin. „Du hast mal die Möglichkeit erwähnt, dass Simon Bourne mit den Behörden zusammenarbeitet, damit sie bei seinen Drachenjagden wegsehen. Vielleicht geht das bis in die oberste Ebene des MDA. Das könnte die Nachlässigkeit erklären, mit der Drachenjäger in den letzten Jahren festgenommen wurden."

Evie legte eine Hand an Brams Arm. „Vielleicht, und es verfolgt dich seit Monaten, warum meine Rettung so einfach war. Glaubst du, es war eine Ablenkung, um Simon Bourne oder Jonathan Christie Gelegenheit zu geben, den Orden der Drachenritter neu zu formieren? Sie haben diesen Angriff möglicherweise über Monate hinweg geplant, damit er mit Mels Buchveröffentlichung zusammenfällt. Sie mussten sicherstellen, dass niemand irgendeine Verbindung zwischen Christie und Simon Bourne herstellte, bis sie die Angriffe abwickeln konnten."

Bram runzelte die Stirn. „Vielleicht. Obwohl ich keine Vermutungen ohne Beweise anstellen möchte. Ich muss mit Kai reden." Er sah zu Evie. „Und wir müssen deine Freundin kontaktieren. Je mehr Informationen wir haben, desto besser können wir dieser möglichen neuen Bedrohung begegnen."

TROTZ DER MÖGLICHEN Verschwörung zwischen den Reihen des MDA, konnte Tristan nur an seine Gefährtin denken.

Ihm gefiel nicht, wie Mel sich langsam von ihm wegbewegte. Es mochte jeweils nur ein oder zwei Zentimeter sein, aber er wusste, dass es daran lag, dass er ihr wehgetan hatte.

Sein Drache ging auf und ab. *Du hättest auf mich hören sollen. Sie könnte uns wegen deiner Taten verlassen.*

Das wird sie nicht. Und auf dich zu hören bedeutete, Bram nicht zu gehorchen. Drachenwandler brauchen eine Clanstruktur, um zu überleben, sonst wird es chaotisch.

Ein echter Drache würde nichts vor seiner Gefährtin verbergen. So sollte es sein.

Klar, jetzt gab sein Drache ihm die Schuld. *Ich kümmere mich darum. Sei ruhig, damit ich mir das Gespräch anhören kann.*

Sein inneres Tier verzog sich schnaubend in den Hinterkopf, als Bram erwähnte, mit Kai reden zu müssen. Bram blickte zu Melanie und fügte hinzu: „Behalte die menschlichen Medien im Auge, und wenn dir irgendwas einfällt, wie wir sie zu unserem

Vorteil nutzen können, sag Bescheid. Ich werde zurück sein, sobald ich kann."

Mel nickte steif. Tristan wollte ihr den Rücken massieren, um ihre Spannungen zu lindern, aber als sie noch einen Zentimeter von ihm wegrutschte, entschied er sich dagegen.

Bram sah ihn an. „Sag Melanie, was immer sie wissen will. Es wird keine Clangeheimnisse mehr vor deiner Gefährtin geben. Sie ist eine von uns."

Als Tristan nickte, drehte sich Bram zur Tür. „Habt euer Handys immer griffbereit. Evie oder ich rufen euch bald an."

Als Bram mit seiner Gefährtin und seinem Sohn ging, füllte eine angespannte Stille das Cottage. Er wollte den Schmerz seiner Gefährtin lindern, aber Tristan hatte noch nie sehr gut mit Worten umgehen können. Er hatte keine Ahnung, was er sagen sollte, aber wenn er nichts sagte, konnte er ihr Vertrauen verlieren.

Da er sich nicht sicher war, was er sonst noch sagen sollte, platzte Tristan heraus: „Tut mir leid."

Mel drehte sich ihm zu, ihre Augen waren misstrauisch. „Genau hier und jetzt muss ich wissen, ob es noch etwas gibt, das du vor mir geheim gehalten hast."

„Nur noch eine Sache."

Sie rutschte noch einen Zentimeter weg. „Und?"

Er sah seinen Sohn an, der in seinen Armen schlief. Der Anblick des friedlichen Gesichts seines Sohnes gab ihm den Mut, auf Melanie zurückzublicken und zu sagen: „Nachdem Annabel geboren wurde und ich nicht gewusst hatte, ob du leben würdest oder sterben, habe ich geweint und fast geschluchzt. Das hatte ich seit dem Tod meiner Mutter nicht mehr getan."

Mels Haltung lockerte sich. „Tristan."

Sie würde ihm wahrscheinlich erlauben, sie zu umarmen und zu halten, aber er musste mehr tun, als seinen Fehler einzugestehen; er musste ihn wiedergutmachen. „Es tut mir leid, dass ich dir nicht von den Drachenrittern erzählt habe, Melanie. Brams Dominanz und mein Respekt für seine Führung haben mich daran gehindert, dem Wunsch nachzugeben, alles mit dir zu teilen. Ich werde das nicht wieder tun. Bitte verlass mich nicht, und nimm mir unsere Babys nicht weg."

Seine Gefährtin runzelte die Stirn. „Wovon zum Teufel sprichst du?"

„Du bist wütend und rutschst immer weiter weg von mir. Ich warte darauf, dass du Reißaus nimmst."

„Tristan MacLeod, sei nicht paranoid. Ich bin verärgert, ja, aber ich hoffe, unsere Liebe ist stärker als ein kleiner Vorfall. Die Dinge waren bis jetzt fast perfekt. Etwas musste ja passieren. Wenn du jedoch so leicht bereit bist, uns aufzugeben, sollte ich vielleicht wirklich gehen."

Er hob seine Hand und berührte ihre Wange. „Nein, ich möchte nicht, dass du gehst. Du und die Kinder seid mein alles."

Ihr Gesicht wurde weicher. „Diese Zärtlichkeit ist wieder da. Es würde nicht schaden, sie etwas öfter zu zeigen, weißt du, wenn ich nicht wütend bin."

„Also vergibst du mir?"

Mit einem Seufzer bewegte sie sich, passte ihren Griff an ihrer Tochter an und kuschelte ihren Kopf an seine Brust. „Schätze schon, aber um es wieder gutzumachen, erzähl mir alles, was du über die Ritter weißt."

Er küsste die Haare seiner Gefährtin. Ihre Hitze und Weichheit an seiner Seite zerstreuten die Sorgen des Mannes und des Tieres. „Es gibt nicht wirklich viel zu erzählen. Das moderne menschliche Opfersystem basiert lose auf einer Regelung, die im Mittelalter erdacht wurde, als Lords und Dörfer eine menschliche Frau als Gegenleistung für Schutz vor Bedrohungen von außen anboten. Die Drachenritter dachten, sie könnten andere Menschen besser beschützen, zu einem Preis natürlich.

Die Legenden sagen, die Ritter töteten die Drachen, um zu beweisen, wie viel besser es wäre, sie zum Schutz anzuheuern, als einem Drachenwandler eine Frau für dasselbe zu bieten."

Seine Gefährtin schmiegte sich mit ihrer Wange an seine Brust. „Bram hat die Denker aus der Aufklärungszeit erwähnt, die die Drachenwandler retteten. Ist das der Zeitpunkt, an dem eure Zahlen sich erholten, auch ohne menschliche Opfer?"

„Ja. Zumindest bis zu den beiden Weltkriegen im letzten Jahrhundert. Danach waren wir wieder verzweifelt."

„Den Rest kenne ich aus meinen Nachforschungen über die lokalen Geschäfte, die von Fall zu Fall bis zur Gründung des MDA in den 1980er Jahren gemacht wurden. Wenn ich nur Zugang zu einigen Universitätsbibliotheken hätte, könnte ich anfangen, nach Referenzen zu suchen. Denk nur, Tristan, es gibt eine ganze Seite an der Menschen-Drachenwandler-Geschichte, von der die Menschen nichts wissen."

Sie schwieg, und sein Mundwinkel zuckte hoch. „Entwirfst du gerade ein weiteres Buch in deinem Kopf?"

Sie sah auf und lächelte schüchtern „Vielleicht."

Er schmunzelte und küsste ihre Nase. „Lass uns erst die Nachwirkungen deines ersten regeln, Liebes. Dann nehmen wir das Nächste in Angriff."

Seine Gefährtin schmunzelte und kuschelte sich wieder an ihn. „Ich liebe dich, Tristan. Und ich wünschte, wir könnten einfach so bleiben, den ganzen Tag mit unseren Kindern kuscheln, aber Bram hat uns gebeten, uns die Berichte der menschlichen Medien anzusehen. Wir sollten anfangen."

Tristan knurrte. „Wenn du aufstehen willst, gib mir zuerst einen Kuss."

„Wie wäre es, wenn du nett fragst?"

„Nein." Er bewegte seinen Sohn auf seinem Schoß, um sich über dessen Schwester in Melanies Armen zu lehnen, und legte dann seinen Finger unter Mels Kinn. „Dieses Mal werde ich mir nehmen, was ich will."

Er hob ihren Kopf und küsste sie. Sie erlaubte seiner Zunge einzudringen, ohne zu protestieren, und er ließ jeden Schlag zählen und seine Gefährtin besser wissen, wie sehr er sie liebte, als er es mit Worten jemals tun konnte.

Als Tristan schließlich ihren Kuss unterbrach, seufzte Melanie. „Eines Tages wirst du mich nicht alles mit einem Kuss vergessen lassen, Tristan. Was wirst du dann tun?"

Seine Augen flackerten zu Schlitzen und zurück. „Dieser Tag wird nie kommen. Mein Drache stimmt mir darin zu."

Mit einem Lächeln und einem Kopfschütteln rutschte Melanie ihre Kinder so zurecht, dass sie beide auf Tristans Schoß lagen. „So arrogant." Als Tristan eine Hand hinter die Köpfe ihrer Zwillinge legte, drückte ihr Herz. „Und doch so hingebungsvoll."

Bevor ihr Gefährte sie überreden konnte, noch mehr zu küssen, ging Mel zum Fernseher und schaltete ihn an. Die BBC war mitten in einem Sonderbericht. Melanie ließ sich neben ihrem Gefährten nieder und versuchte, die Bilder zu verstehen, die auf dem Bildschirm tanzten.

Danach zu urteilen, wie die Feuerwehr versuchte, die Flammen eines alten Ziegelgebäudes zu löschen, war das eine Szene beim Londoner Drachenministerium.

Melanie schob ihren ersten Schock beiseite und konzentrierte sich auf das, was der Sprecher sagte.

„Wir warten immer noch auf eine offizielle Zählung, aber Quellen sagen, dass die Zahl der Todesopfer bis zu zweihundert Menschen erreichen könnte. Der Chief Fire Officer hat eine öffentliche Erklärung abgegeben, in der die Bürger gebeten werden, sich vom Tatort fernzuhalten. Gedenkstätten und Ehrungen werden zu einem späteren Zeitpunkt angesetzt, sobald die Brände gelöscht sind und die Untersuchung abgeschlossen ist."

Der Sprecher wiederholte die vorherige Aussage des Chief Fire Officer, und Mel sah zu Tristan auf. „Allein in London sind 200 Menschen ums Leben gekommen."

„Ich weiß, Liebes. Aber jetzt reden sie über dich. Schau!"

Mel sah zum Fernseher. Ihr offizielles Autorenfoto war in der Ecke. Sie konzentrierte sich auf die Worte des Sprechers.

„Die sich bekennende Gruppe, der Orden der Drachenritter, hat ein Video veröffentlicht, in dem das jüngste Buch über die Drachenwandler im Norden Englands als Auslöser für die Angriffe benannt wird. Zitat: „Das Drachenwandler-Buch ist Teil ihrer Agenda, die Kontrolle über das Land zu erlangen. Melanie Hall-MacLeod hat das Buch voller Lügen wahrscheinlich unter Zwang schreiben müssen, um die Wahrheit der Drachenbrutalität zu verschleiern. Sobald wir unachtsam sind, greifen die Drachen an.

Das Ministerium für Drachenangelegenheiten arbeitet seit Langem mit den Drachen zusammen und kann nicht vertrauenswürdig sein. Um die Sicherheit und die Zukunft des Vereinigten Königreichs zu gewährleisten, werden wir jeden ins Visier nehmen, der den Drachenwandlern hilft, sei es ein Zivilist oder die Regierung. Betrachten Sie das als Ihre einzige Warnung. Wenn Sie sich mit Drachen abgeben und kein Ziel mehr sein wollen, dann kommentieren Sie dieses Video online mit Details über Verräter. Wir werden dort und auf anderen wichtigen Internetseiten nachsehen, die zu einem späteren Zeitpunkt bekannt gegeben werden."

Der Sprecher stellte einen Gastanalytiker vor, und Mel ballte eine Faust. „Wie können sie es wagen, uns zu beschuldigen, das Land zu übernehmen oder einen Angriff zu planen?" Sie sah zu Tristan. „Verstehst du jetzt, warum ich die Interviews machen muss? Andernfalls erhalten die Ritter die gesamte Sendezeit. Der am leichtesten zu beeinflussende Teil der Bevölkerung wird bald anfangen, ihnen zu glauben."

Tristan seufzte. „Selbst wenn du die Interviews gibst, wird mehr nötig sein, als dich selbst und das Buch zu verteidigen, um die öffentliche Meinung zu ändern. Die Ritter haben emotional geladenes Material."

Ihre Idee von vorhin kam ihr in den Sinn. Könnte sie wirklich ihre Freunde ausnutzen, um die öffentliche Meinung zu beeinflussen?

„Melanie." Sie sah in die braunen Augen ihres Gefährten, und er fuhr fort: „Sag mir, was du denkst, damit ich dir helfen kann. Etwas belastet dich. Es ist klar auf deinem Gesicht zu sehen. Was ist es?"

„Manchmal wünschte ich, ich könnte meine Gefühle besser verbergen."

„Hör auf, mich hinzuhalten. Sag mir, was dir durch den Kopf geht, mein kleiner Mensch."

Nachdem sie einmal tief ein- und ausgeatmet hatte, sagte Mel: „Ich habe eine Idee, aber es geht um Nikki, Baby Murray, Charlies Gefährten und ..."

Er hob eine Braue. „Wen?"

‚Arabella."

Ihr Gefährte hob seine andere Augenbraue, und sie spuckte ihren Plan aus. Als sie fertig war, seufzte er. „Es könnte funktionieren, aber selbst wenn Bram dir das Okay gibt, musst du Ara überzeugen, dir zu helfen. Und ehrlich gesagt, bin ich mir nicht sicher, ob sie das tun wird."

„Ich weiß, aber ich muss es versuchen, Tristan. Ich weiß nicht, was ich sonst tun soll."

„Gut, die Zwillinge werden bald aufwachen, um gefüttert zu werden. Danach bitten wir Ella und ihren Gefährten, auf die Babys aufzupassen, und sprechen dann mit Bram."

Sie berührte sanft den Kopf ihrer Tochter. „Meinst du, Bram wird zustimmen?"

„Ich weiß es nicht, aber selbst wenn er es tut, Ara wird etwas schwierig werden."

„Dann muss ich einfach mein Bestes geben. Wenn wir nicht mehr Unterstützung bekommen, dann könnten die Drachenwandler schlechter dastehen als je zuvor."

Tristan küsste sie oben auf den Kopf. „Selbst

wenn, wir sind Überlebende. Und jetzt nimm Annabel, und ich nehme Jack."

Mel hob Annabel hoch, die nicht mal mit der Wimper zuckte. Als Tristan Jack bewegte, fing der Junge an zu weinen. Er mochte es nicht, seinen Schlaf zu verpassen.

Als sie sich bewegten und sich um ihre Kinder kümmerten, ließ ein Schuldgefühl darüber, was sie ihre Freunde fragen wollte, ihren Magen brennen. Wenn es einen anderen Weg gäbe, die öffentliche Meinung zu beeinflussen, würde sie es tun.

Gab es nicht; also hoffte sie, Arabella MacLeod sei stark genug, um sie aus dem derzeitigen Schlamassel zu holen. Sie mussten sich schnell um die Drachenritter kümmern. Sie weigerte sich, darüber nachzudenken, was passieren würde, wenn ihre Schwägerin nein sagte.

Kapitel Sechs

Zwei Stunden später saß Melanie mit Tristan an ihrer Seite in Brams Cottage. Eine der Lehrerinnen, die mit Tristan arbeiteten, war einverstanden gewesen, ein paar Stunden auf die Zwillinge aufzupassen, damit Mel und Tristan Bram ihre Idee präsentieren konnten.

Es hatte nicht lange gedauert, um den Anführer des Stonefire-Clans von den Vorzügen ihrer Idee zu überzeugen, und seitdem hatten sie die notwendigen Akteure befragt.

Mel sah hinüber zu der dunkelhaarigen, braunäugigen jungen Beschützerin, die mit Evie in der Nähe der Tür sprach. Die junge Drachenfrau, Nikki, warf Melanie noch einen Blick mit einem zustimmenden Nicken zu, bevor sie ging.

Nachdem sie die Tür geschlossen hatte, ging Evie zurück in den Raum und setzte sich auf den Arm von Brams Stuhl. Sie legte ihre Hand um Brams Nacken und sagte: „Nikkis Zustimmung macht drei von vier Punkten aus. Glaubst du, ihr beide könnt Arabella überzeugen?"

Mel blickte auf Tristan, und ihr Gefährte antwortete: „Bram lässt nicht nur Murray ein Teil davon sein, sondern unterstützt auch den Plan. Das könnte der Wendepunkt sein, wenn sie ihre Zustimmung einholen will."

Mel drückte Tristans Hand in ihre. „Wir werden es schon früh genug erfahren. Sie kommt jeden Moment." Melanie sah zu Tristan. „Du hast mir noch nicht gesagt, warum du dich meiner Idee anschließt. Ein paar Sekunden, nachdem ich zu Ende geredet hatte, hast du angefangen, die anderen an Bord zu holen. Warum?"

Der Anführer des Stonefire-Clans zuckte mit den Schultern. „Du hast gute Argumente vorgebracht. Der beste Trumpf eines Anführers ist es, zu erkennen, wann man seine Clanmitglieder um Hilfe bitten muss. Ich habe nicht vor, ein Macho-Alpha zu sein, der selbst an alles denken muss. Irgendwie glaube ich nicht, dass Evie damit klarkommen würde."

Evie lehnte sich ein wenig gegen ihn. „Freut mich sehr, dass du das allein verstanden hast."

Mel und Evie hatten sich anfangs nicht gut verstanden, aber Mel konnte sich jetzt keine Bessere für Bram vorstellen. Sie hoffte nur, Arabella würde eines Tages dasselbe Glück finden.

Schuldgefühle ließen ihr den Magen brennen. Mel hatte mehr als ein Jahr damit verbracht, Arabella aus ihrer Schale zu holen, doch was sie jetzt fragen wollte, konnte all diese harte Arbeit zunichtemachen. Doch selbst wenn ihre Schwägerin sie danach hassen sollte, würde Mel die schlechten Gefühle ertragen, wenn sie damit die Unterstützung der Öffentlichkeit gewinnen und die Sicherheit des Stonefire-Clans gewährleisten könnte.

Ein Klopfen an der Tür unterbrach ihre durcheinanderwirbelnden Gedanken. Evie ging, um zu öffnen.

Tristan drückte ihre Hand und flüsterte: „Du kannst das, Liebes."

Nachdem sie ihrem Gefährten ein schwaches Lächeln geschenkt hatte, drang Arabellas Stimme den Flur hinunter. „Möchte mir irgendjemand sagen, warum ich den ganzen Weg hierherkommen musste? Ich habe eine Frist für die Modernisierung unserer Sicherheitssysteme. Angesichts der neuen Bedrohungen kann ich es mir nicht leisten, sie warten zu lassen."

Evie führte Arabella in den Wohnbereich. „Glaub mir, Arabella, das hier ist wichtiger."

Arabella sah sich jeden einzelnen an, bevor sie antwortete: „Okay, allein der Blick auf Melanies Gesicht macht mir Sorgen. Was ist los?"

Tristan rieb ihre Knöchel mit dem Daumen. Die groben, warmen Striche gaben ihr den Mut, es auszuspucken: „Du hast schon von den Anschlägen heute gehört, aber hast du auch gehört, dass die Drachenritter sich dazu bekennen?"

Arabella blickte auf Bram, und er nickte. „Sie weiß jetzt alles über sie."

Arabella blickte auf Melanie zurück. „Natürlich weiß ich das. Jeder weiß das, aber was hat das mit mir zu tun?"

Mel setzte sich ein wenig aufrechter hin. „Alles. Du bist Teil der Lösung."

Arabella runzelte die Stirn, ihre Narbe zerknitterte dabei leicht. „Wovon zum Teufel sprichst du?" Die Drachenfrau sah sich im Raum um. „Sag mir jetzt jemand, was hier los ist, und zwar schnell, denn ich habe zu tun."

Tristan knurrte: „Pass auf, was du sagst, Arabella Kathleen MacLeod."

Arabella verdrehte die Augen. „Die Welt bricht auseinander, und du machst dir Sorgen um meine Ausdrucksweise." Die braunen Augen der Drachenfrau bewegten sich zu Mel. „Sag es mir, Melanie, wie du es immer tust. Ich mag dieses Um-den-heißen-Brei-Herumreden nicht."

Mit einem tiefen Atemzug wusste Mel, dass ihre Schwägerin recht hatte. „Ich möchte, dass du live im Fernsehen erzählst, was dir angetan wurde, als du von den Drachenjägern angegriffen wurdest."

Arabella blinzelte. „Was?"

Mel sprach leise, als sie antwortete: „Ich weiß, es ist viel verlangt, aber dahinter steckt ein Plan, Ara. Hörst du mir zu?"

Arabella schüttelte den Kopf und trat drei Schritte zurück. „Absolut nicht. Was mir passiert ist, ist privat." Arabella sah zu ihrem Bruder. „Warum schlägt deine Gefährtin so etwas überhaupt vor, Tristan? Gerade du weißt, wie schwer es war, dieses

Trauma zu überwinden. Ich verstehe nicht, warum du so etwas von mir verlangst."

TRISTAN SORGTE DAFÜR, dass sein Gesicht neutral blieb, trotz des Beschützerinstinkts, der ihn anschrie, sich um seine jüngere Schwester zu kümmern. „Mit jeder Sekunde Sendezeit, die die Ritter erhalten, werden die Menschen anfangen, ihnen mehr zu glauben. Der einzige Weg, ihrer Taktik entgegenzuwirken, ist, der Öffentlichkeit etwas zu geben, das sie anspricht. Die Brutalität der Jäger wird uns das so dringend benötigte Mitgefühl einbringen."

Ara verengte die Augen. „Mitgefühl? Denkst du wirklich, ich interessiere mich dafür, was die Menschen denken? Sie haben mir das nicht nur angetan, sie haben auch unsere Mutter getötet, Tristan. Ich werde mich nicht als Freak-Show für deine Pläne benutzen lassen."

Melanie beugte sich vor, aber Tristan drückte das Bein seiner Gefährtin, um sie aufzuhalten. Er fuhr fort: „Du bist keine Freakshow, Ara, sondern eine Überlebende. Wenn es einen anderen Weg gäbe, würden wir dich nicht darum bitten. Die Interviews der BBC sind jedoch in zwei Stunden, und wir brauchen eine Antwort."

Bevor Arabella die geben konnte, sprang Bram ein. „Hör zu, Arabella MacLeod, dein Clan braucht dich. Verdammt, deine Familie braucht dich. Wenn du dachtest, dass das, was dir passiert ist, schlimm war, was wäre, wenn das deiner Nichte und deinem Neffen passieren würde? Oder deinem Bruder? Selbst mir? Würdest du das wollen?"

Sogar Tristan setzte sich höher auf und trommelte mit den Fingern auf seinen Oberschenkel, als er die Dominanz in Brams Stimme hörte. Es überraschte daher nicht, dass Arabella ebenfalls ihrem Clan-Anführer nachgab und murmelte: „Nein."

Bram hob eine Braue. „Gut, dann wirst du uns helfen, zusammen mit Nikki, Charlies Gefährten und sogar dem kleinen Murray. Es geht nicht nur um dich, Arabella, es geht darum, der Welt zu erlauben, zu sehen, was passiert ist, und zu hoffen, dass sie uns glauben. Noch wichtiger: dass sie uns unterstützen und sich sowohl gegen die Jäger als auch gegen die Ritter wenden. Ich will die gleiche Zukunft wie Melanie, in der Menschen und Drachenwandler besser miteinander auskommen, als sie es jetzt tun. Nur wenn Menschen kommen oder gehen können, wie sie es wollen, werden wir uns nicht auf ein Tauschsystem verlassen müssen, um das Überleben unserer Rasse zu sichern."

Als Bram und Arabella einander anstarrten, linste Tristans Drache heraus. *Arabellas Drache hat Angst.*

Wie um alles in der Welt weißt du das?

Ich weiß es einfach. Sei vorsichtig mit ihr.

Ich werde nicht betteln. Ich habe das ein Jahrzehnt lang gemacht, und es hat ihr auf lange Sicht wehgetan.

Denk nur daran, sie zu unterstützen. Sie wird es brauchen.

Bevor er die kryptischen Worte seines Drachen entschlüsseln konnte, richtete Ara sich etwas höher auf und hob ihr Kinn. „Wenn ich das tue, will ich eine Garantie, dass ich die Erste sein kann, die zum Lochguard-Clan geht.”

Tristan blinzelte. „Was? Woher kommt das denn?”

Seine Schwester durchbohrte ihn mit einem Blick. „Finn hat mich vor einigen Monaten eingeladen, und seitdem habe ich darüber nachgedacht. Ich möchte gehen.”

Tristan verengte die Augen und knurrte: „Was hat der schottische Bastard zu dir gesagt? Ich hoffe, du stehst nicht auf ihn, Arabella. Er ist nicht der Richtige für dich.”

In Arabellas Augen blitzte Wut auf. „Woher willst du verdammt nochmal wissen, was ich will? Ich bin nicht mehr dieselbe Drachenfrau wie vor einem Jahr, Tristan. Ich brauche eine Veränderung. Außerdem wollte ich schon immer mal nach Schottland. Die Erinnerungen deiner Gefährtin an ihre Familie haben mich nur mehr dazu gebracht, gehen zu wollen.”

Er öffnete den Mund, aber Melanie legte eine Hand auf sein Bein. Er sah sie an, und sie runzelte die Stirn. „Sieh mich nicht so finster an, Tristan MacLeod. Schottland ist wunderschön, und ich würde das Gleiche zu jedem sagen.” Er murmelte eine Entschuldigung, und Mel fuhr fort: „Arabella hat ihre Entscheidung getroffen. Lass sie nach Lochguard gehen." Seine Seelenverwandte sah zu Bram hinüber. „Natürlich nur, wenn Bram sein Okay gibt."

Bram zuckte die Schultern. „Arabella ist eine erwachsene Drachenfrau. Ich mag gemischte Gefühle für den Schotten haben, aber er würde nie zulassen, dass dem Mädchen etwas zustößt. Da bin ich mir sicher. Solange keine unmittelbare Gewaltandrohung besteht, kann sie in zwei Monaten gehen. Ich werde es Finn nach dem Interview selbst sagen."

Melanie sah zu Arabella hinüber. „Dann haben wir eine Abmachung, Ara."

Die Gefühle, die Tristan nicht entschlüsseln konnte, blitzten seiner Schwester ins Gesicht. Er schwor, dass Glück eins von ihnen war. *Verdammt.* Das gefiel ihm nicht. Ja, er wollte, dass seine Schwester glücklich war, aber nicht mit einem anderen Clan. Arabella war seine einzige Verbindung zu ihren Eltern und der Vergangenheit. Wenn sie für immer wegzog, würde ein Teil von ihm mit ihr gehen.

Seine Schwester richtete sich noch ein bisschen mehr auf. „Was habe ich zu tun?"

Mel antwortete, ihre Stimme war sanft. „Überleg dir die einfachste Art zu beschreiben, was mit dir und deiner Mutter passiert ist. Ich will die Mythen beseitigen, dass Drachenwandler Tiere ohne Gefühle sind. Dein Schmerz ist real, Arabella, und es könnte die Menschen überzeugen, das, was sie über Drachenwandler wissen, neu zu bewerten, vielleicht sogar dich als menschlicher zu betrachten."

Ara verschränkte die Arme vor der Brust. „Selbst wenn ich angeblich mein Herz ausschütte, wird es mehr als das brauchen, um Jahrzehnte, verdammt, Jahrhunderte der Angst vor uns zu ändern."

Melanie lehnte sich gegen Tristans Seite. „Daran haben wir bereits gedacht. Hast du Zeit, vor dem Interview ein kostenloses Muster mit drei Kapiteln hochzuladen? Ich möchte eine Website anbieten und sie während des Interviews herunterladen. Nichts Besonderes, nur eine Möglichkeit, die wichtigsten Kapitel aus meinem Buch zu lesen. Ich denke, dass sie mehr als nur wenige Meinungen ändern werden."

Ara seufzte. „Na schön, ich werde es machen. Halte mir nur meinen Bruder vom Leib. Ich möchte nicht, dass er in den kommenden Wochen versucht, meine Meinung über Lochguard zu ändern."

Tristan runzelte die Stirn. „Du bist meine Schwester. Ich will nur das Beste für dich."

„Ich bin fast dreißig Jahre alt, Tristan. Ich komme schon allein damit klar."

Er öffnete den Mund, aber Mel drückte seinen Arm und schüttelte den Kopf. Er verkrampfte seinen Kiefer. Wenn sich seine Schwester ihr Herz von diesem flirtenden Bastard brechen lassen wollte, dann würde er es auf jeden Fall zulassen. Dann hörte sie vielleicht das nächste Mal auf ihn.

Bram unterbrach die Stille. „In Ordnung, dann haben wir einen Plan. Da wir weniger als zwei Stunden haben, um alles zu organisieren, treffen wir uns in anderthalb Stunden wieder hier, um ein Vorab-Interview zu führen. Ich hoffe verdammt, dass das funktioniert."

Melanie schmolz gegen Tristan und murmelte: „Ich auch, Bram, ich auch."

Melanie stand vor ihrem Schrank und versuchte zu entscheiden, welche Kleidung dazu passen könnte, wenn sie die Vergangenheit ihrer Schwägerin schon ausnutzte, als Tristan sie von hinten in die Arme nahm. Sein Atem war heiß an ihrem Ohr, als er flüsterte: „Du bist angespannt, Liebes. Lass mich dir helfen, dich vor dem Interview zu entspannen."

Seine Hand wanderte an ihre Brust und drückte sie. Melanie ignorierte ihren Nippel, der hart wurde, und schlug seine Hand. „In der nächsten Stunde gibt es zu viel zu tun. Ich habe keine Zeit für einen Quickie."

Ihr Gefährte knabberte an ihrem Hals, und sie lehnte sich gegen seine breite, muskulöse Brust. Sie wurde den Kontrast ihrer Kurven an seinen Muskeln nie leid.

Seine Stimme grollte an ihrem Rücken. „Bist du dir sicher? Du denkst zu viel nach, und wenn du so weitermachst, wirst du nur bei hundert und nicht bei hundertzwanzig Prozent sein."

Mel nahm sich ein paar Sekunden Zeit, um das Gefühl zu genießen, von ihrem Gefährten umgeben und angefasst zu werden, und brachte die Kraft auf, seine Hand wegzudrücken. Tristan ließ sie los, und sie drehte sich um, um sein Gesicht zu umfassen. „Ich weiß das zu schätzen, aber Sex muss warten, Liebster. Ich muss einige der anderen direkt vor dem Interview coachen, was bedeutet, dass ich mich jetzt zusammenreiße."

Ihr Gefährte grunzte. „Ich denke, wenn du alles, was mit diesem Buch einhergeht, erledigt hast, brauchst du eine Pause, mein kleiner Mensch."

Sie sah ihn an. „Vielleicht eine oder zwei Wochen, aber ich werde verrückt, wenn ich nicht etwas nur für mich zu tun habe. Du würdest dich genauso fühlen, wenn du nicht mehr unterrichten könntest."

Tristan lehnte sich ein paar Meter von ihr entfernt gegen die Kommode. „Vielleicht. Aber versprich mir, dass wir etwas Zeit zusammen haben, nur du und ich. Dann kann ich vielleicht helfen, deinen Stress zu verringern."

Sie drehte sich zu ihm um, ihre Stimme war trocken. „Was, mit deinem Schwanz?"

Als Tristan grinste, hatte sie ihre Antwort. „Männer. Die Welt geht den Bach runter, und du denkst an Sex."

„Hey, du hast selbst gesagt, dass du es vermisst, ihn zwischen Nickerchen und Stillen nicht hineinquetschen zu können. Ich passe nur auf dich auf, Liebes."

„Ja, aber natürlich." Sie verdrehte die Augen. „Wenn alles wieder gut ist, werden wir uns darum kümmern." Mel wandte sich wieder ihrem Schrank zu, riss eine dunkellila Bluse heraus und sagte über ihre Schulter: „Hast du dir die Nachrichten angesehen, wie ich dich gebeten habe?"

„Ja. In der Nähe der MDA-Büros in London und Manchester brechen einige Proteste aus, obwohl es in Edinburgh, Cardiff und Belfast noch ruhig ist. Das Blatt wendet sich in England schneller, als es mir gefällt."

„Nun, nach der Geschichte, die ich ausgegraben habe, haben die Engländer eine tiefer sitzende Angst vor den Drachenwandlern als die anderen Länder des Vereinigten Königreichs. Sie sind leichter zu reizen."

„Es könnte auch daran liegen, dass England die größte Bevölkerung der vier Länder hat, was bedeutet: potentiell mehr Idioten, die alles glauben, was sie im Fernsehen sehen."

Mel zuckte mit den Schultern. „Vielleicht, aber ich denke, es hat mehr mit der Macht der Drachenjäger in England zu tun und wie Skyhunter mit weiblichen Opfern umgeht." Sie drehte sich zu Tristan um. „Den Skyhunter-Clan zu überzeugen, sich zivilisiert zu verhalten und mitzuspielen, ist noch etwas, das wir der Liste von Dingen, die wir angehen müssen, hinzufügen sollten."

Tristan schüttelte den Kopf. „Viel Glück dabei,

Liebes. Marcus regiert diesen Clan mit Furcht und Schrecken."

„Darüber werden wir uns später Gedanken machen." Sie schüttelte ihr Oberteil ab, warf die lila Bluse über und schloss die Knöpfe. „Hoffentlich werden die BBC-Interviews Stonefire zumindest in ein besseres Licht rücken." Sie schloss den letzten Knopf und sah auf. „Du musst an meinen Plan glauben, Tristan. Du glaubst doch an mich, oder?"

Tristan ging zu ihr und zog einen Finger über ihre Wange. „Natürlich, Melanie Hall-MacLeod, ich werde immer an dich glauben."

Bei seiner Unterstützung wärmte sich ihr Herz. „Danke!" Sie gab ihm einen kurzen Kuss, bevor sie hinzufügte: „Bist du bereit? Wir sollten gehen."

„Das Interview ist erst in einer Stunde."

„Ich wette, Bram ist früh fertig, und ich könnte mit ihm und Evie üben."

Ihr Gefährte hob eine Augenbraue. „Nicht mit mir?"

„Nein, du bist immer noch supernett zu mir, wegen dem, was vorhin passiert ist, und ich brauche ein wenig Ehrlichkeit."

„Ich kann ehrlich sein."

Sie lächelte. „Ich weiß, aber nicht dafür. Außerdem musst du nach Arabella sehen, bevor sie Brams Cottage erreicht. Sie mag jetzt ein Rückgrat haben, aber wir beide wissen, dass sie immer noch Albträume und gelegentlich Anfälle hat. Sosehr ich ihre Hilfe brauche, ich will sie nicht in einen katatonischen Zustand versetzen.

Ich bin mir sicher, Finlay Stewart würde das nicht gefallen."

Tristan grunzte, und Mel biss sich auf die Lippe. „Du wirst mich mit deinen lächerlichen Theorien über ihn und meine Schwester verspotten, nicht wahr?"

„Aber natürlich. Ich lebe, um dich zu ärgern."

Tristan legte seine Hände an ihre Hüfte und zog sie an sich. Er beugte sich hinunter, sein Atem tanzte über ihre Lippen. „Warte einfach, Liebes. Wenn dein Bruder älter ist, werde ich ihn vielleicht mit einer Drachenfrau verkuppeln und dich ärgern. Dann sehen wir ja, wie dir das gefällt."

„Oliver ist fast siebzehn. Wenn er alt genug für deinen Plan ist, wird Arabella mit dem Schotten gepaart sein und viele Babys haben. Du wirst Finn deinen Bruder nennen."

„Mach keine Scherze damit. Er ist nicht der Richtige für sie."

„Sagt der Mann, der die Menschen hasste, und schau, bei wem du am Ende gelandet bist. Manchmal weiß man erst, was man braucht, wenn es passiert."

Tristan machte ein leises Geräusch in seiner Kehle. „Bist du aber heute schlau."

Sie strich mit ihren Händen über seine Brust. „Aber natürlich." Sie tätschelte ihn und stieß sich zurück. „Geh und warte, bis Samira und Ella auftauchen, um auf die Babys aufzupassen, und geh dann zu Arabella. Ich muss mich weiter fertig machen."

Nach einem langsamen, anhaltenden Kuss flüsterte Tristan: „Du wirst heute brillant sein, Liebes, also hör auf, dir Sorgen zu machen."

„Und da ist er wieder und versucht immer noch, das von vorhin wiedergutzumachen."

Er knurrte. „Dann erinnere mich daran, dir heute kein Kompliment mehr zu machen."

Sie grinste. „Vielleicht später."

Er gab ihr noch einen Kuss und verschwand dann aus der Tür. Allein im Schlafzimmer sah Mel zum Spiegel. „Gut, Hall, hör auf, dir Sorgen zu machen. Du wirst brillant sein."

Mit einem Nicken machte Melanie sich zu Ende fertig für die wahrscheinlich wichtigste Stunde ihres Lebens.

Kapitel Sieben

Arabella MacLeod legte ihr langes schwarzes Haar um Gesicht und Hals, um ihre Verbrennungen und einen Teil ihrer Narbe zu verdecken. Abgesehen von der kleinen, dünnen Linie der Narbe, die über ihre Nase und den oberen Teil ihrer Schläfe lief, sah sie fast normal aus. Sie könnte ihre Schwägerin verärgern und ihre Haare ihre alten Wunden für das bevorstehende Interview bedecken lassen. Das wäre eine Art Rache dafür, dass sie sie überhaupt darum gebeten hatte, diese verdammte Sache zu tun.

Aber wenn sie es täte, könnten Bram und Melanie ihr Versprechen widerrufen, sie nach Lochguard gehen zu lassen.

Sie wollte auch unbedingt gehen, und nicht aus den Gründen, die ihr Bruder annahm. Während Finlay Stewart der erste fremde Mann war, der keine Panik hatte, wenn er sie berührte, wollte Arabella noch viel mehr. Sie wollte Freiheit.

Selbst die Diskussion, die sie eine Stunde zuvor geführt hatte, hatte sich auf die Freiheiten, die sie hatte, während sie auf Stonefire-Land blieb, ausgewirkt. Solange sie im Lake District lebte, würde sie nie frei sein, ihre eigenen Entscheidungen zu treffen, ohne dass jemand über sie wachte.

Finns Worte von vor ein paar Monaten kamen ihr in den Sinn. „*Ich weiß nicht, wie es dir geht, aber Tag für Tag zu leben, während jeder auf Eierschalen läuft, muss anstrengend sein. Ja, du hast etwas Schreckliches durchgemacht. Aber ist es nicht an der Zeit für dich, dich der Welt zu stellen und dein Leben zu leben?*"

Arabella drückte ihr Haar von Nacken und Gesicht zurück, stellte sich aufrecht und streckte ihre Schultern. Sosehr sie es auch hasste, es zuzugeben, der schottische Anführer hatte recht. Wenn ein paar Minuten Demütigung nötig waren, um sich die Freiheit für mindestens sechs Monate zu verdienen, würde sie es hinnehmen. Sobald sie auf Lochguard-Land war, konnte sie einen Neuanfang versuchen.

Da sie eine Meile von Brams Cottage entfernt wohnte, ging sie früh los, um sicherzustellen, dass sie pünktlich ankommen würde.

Draußen sahen die zerklüfteten Gipfel und die flachen, grünen Ebenen genauso aus, wie sie es ihr ganzes Leben lang getan hatten. Aber wenn sie nach Lochguard ginge, könnte sie den tröstenden Anblick nicht mehr sehen. Sicher, da Lochguard tief in den Highlands lag, hätte sie neue Ausblicke, die sie verinnerlichen konnte.

Bevor sie sich an die Bilder erinnern konnte, die sie online recherchiert hatte, flogen zwei Drachen über sie. Während sie zusah, wie die grünen und schwarzen Tiere abwechselnd mit den Flügeln schlugen und dahinglitten, sprudelte eine Sehnsucht hoch, die Arabella seit über einem Jahrzehnt nicht mehr gespürt hatte. Sie wollte wieder fliegen.

Ihr normalerweise stiller Drache sagte, *wir können es tun, wann immer du bereit bist.*

Ara blieb abrupt stehen. Sie konnte tun, was sie sonst tat, und ihr inneres Biest ignorieren, oder sie konnte antworten.

Der Gedanke, mit ihrem Drachen zu reden, brachte Erinnerungen daran zurück, wie sie das letzte Mal ein echtes Gespräch geführt hatten. Sie hatte vor Schmerzen geschrien, und ihr Drache hatte versucht, sie zu beruhigen.

Ara schloss die Augen, ballte die Faust und wollte die Erinnerungen verdrängen. Ihr rasendes Herz sagte ihr, wenn sie nicht schnell handelte, würde sie in eine Panikattacke verfallen.

Bram würde ihr nie erlauben, nach Lochguard zu gehen, wenn sie die Kontrolle verlor. Beim Ein- und Ausatmen konzentrierte sie sich auf das Rauschen des Windes in den Bäumen und die warme Juli-Brise auf ihrer Haut. Nach ein oder zwei Minuten verblassten ihre Erinnerungen.

Ängstlich schwebte ihr Drache an den Rändern ihres Geistes. Das Tier wollte Trost bieten, hatte aber Angst, dass seine Worte Arabellas Anfall verschlimmern würden.

Arabella war kurz davor, mit ihrem Drachen zu sprechen, als die Stimme ihres Bruders erklang: „Arabella, warum stehst du mit geschlossenen Augen da?"

Sie riss die Augen auf. Tristan kam mit zusammengezogenen Augenbrauen auf sie zu. Stirnrunzelnd bellte sie: „Ich versuche zu vergessen, dass ich einen Bruder habe."

Er blieb vor ihr stehen und musterte sie intensiv. „Ich glaube, du lügst, aber irgendwie glaube ich auch nicht, dass du mir die Wahrheit sagen wirst."

„Es geht dich nichts an. Warum bist du überhaupt hier?"

„Mel wollte, dass ich nach dir sehe."

Normalerweise hätte sie die Bemerkung einfach ignoriert und das Thema gewechselt. Aus irgendeinem Grund konnte sie das nicht tun und schrie: „Und du fragst dich, warum ich nach Lochguard gehen will. Ich bin kein Kind, Tristan."

Er hob eine Braue. „Kannst du schon mit deinem Drachen reden?"

„Ich —" Sie wollte ihren Bruder nicht anlügen. „Fast."

„Gut, wie wäre es, wenn, sobald du mit deinem Drachen wie ein richtiger Drachenwandler reden kannst, ich die Zügel lockere?"

„Ich könnte es auch einfach abwarten. Wenn ich einmal in Schottland bin, werde ich mich nicht mehr mit deinem urteilenden Schwachsinn herumschlagen müssen,"

Ihr Bruder knurrte. „Pass auf, Arabella. Dass du nach Schottland gehst, ist nicht in Stein gemeißelt."

Anstatt sich mit ihrem Bruder zu streiten, ging Arabella weiter. Ihr Bruder machte ein paar Schritte, um sie einzuholen, bevor er sagte: „Vergiss Schottland vorerst. „Wirst du in der Lage sein, das zu tun?"

Sie sah ihn an. „Ist ja nicht so, als hätte ich eine Wahl. Bram und Mel haben es so ziemlich entschieden."

Die Augen ihres Bruders verengten sich. „Wenn es sonst noch jemanden gäbe, Ara, würde ich ihn fragen. Aber das ist die beste Chance auf eine anständige Zukunft für meine Kinder. Sie und alle Drachenwandler-Kinder sind darauf angewiesen, dass du stark bist."

Sie blinzelte. „Tristan MacLeod spricht ermutigende Worte? Wer bist du, und was hast du mit meinem knurrenden, verbal verkrüppelten Bruder gemacht?"

Als er knurrte, lachte sie. Tristan lächelte. „Es ist schön, dich wieder lachen zu hören, Arabella."

Mit ihrem Bruder sentimental zu sein, war nicht Aras Spezialität, also wechselte sie das Thema. „Ich bin bereit, Tristan. Bringen wir es hinter uns."

Er nickte, und als sie in freundschaftlicher Stille liefen, lockerte sich ihre Anspannung, und ihre Sorgen verblassten. Sie wagte es sogar, in ihrem Kopf für ihren Drachen zu summen. Ihr inneres Tier summte zurück, und Arabella lächelte. Sie würde während des Interviews ehrlich sein und die

Menschen über einige der Schrecken informieren,
die an Drachenwandlern verübt wurden. Es war an
der Zeit, dass die Menschheit aufhörte, so zu tun,
als wären die Drachenjäger nicht real.

Danach hätte sie bald ihre Freiheit.

MEL BEOBACHTETE VOM FENSTER AUS, wie eine
Gruppe von Drachen abwechselnd über das
Vordertor flog. Der Anblick fliegender Drachen war
ihr nicht fremd, aber die in der Luft über ihr trugen
eine neue Rüstung über ihren Brüsten, Bäuchen
und unteren Hälsen. Bram sagte, die synthetischen
Schilde schützten vor Luftgeschossen. Angesichts
der Tatsache, dass sie den Schaden der Laserpistole
aus nächster Nähe gesehen hatte, als Tristan vor
einem Jahr fast gestorben wäre, hoffte sie, dass die
neue Rüstung wirksam wäre.

Sie ging vom Fenster aus zum Monitor, auf dem
die Sicherheitsdaten des Eingangstors zu sehen
waren. Bram wollte die Situation im Auge behalten,
für den Fall, dass sie brenzlig wurde. Vor dem
Stonefire-Land stand bereits eine Menge von etwa
zwanzig Menschen.

Sicher, niemand in der Menge warf Granaten
oder Bomben, aber es konnte jede Sekunde
passieren. Oder vielleicht warteten sie darauf, die
Interviews anzusehen und dann zu reagieren. Dank
der praktischen Technologie konnte sich jeder die
Live-Übertragung über sein Mobiltelefon ansehen.

Ein Minibus fuhr die Einbahnstraße hinauf, die zum Haupteingang von Stonefire führte. Als er nah genug war, räumte die Menge einen Weg. Sie konnte die Seite des Lieferwagens nicht sehen, aber es musste die BBC sein, da für diesen Tag keine weiteren Interviews geplant waren.

Mel wandte sich vom Monitor ab und ging auf und ab. Sie hat alle vorbereitet, außer Arabella, die noch nicht angekommen war. Es gab nichts für sie zu tun, außer zu warten, und das machte sie wahnsinnig.

Als sie ihre Hände und Handgelenke schüttelte, um sich zu lockern, klopfte es an der Tür. Bram kam mit Murray in seinen Armen herein. Blaue Augen starrten sie an, während er seinen Daumen lutschte. Mel lächelte. „Zumindest scheint Murray gut gelaunt zu sein."

Bram zuckte die Schultern. „Das ist er normalerweise. Nikki und Hudson warten unten mit Evie. Sie tut ihr Bestes, um sie zu beruhigen, aber vielleicht kannst du helfen. Sie sind verdammt nervös."

„Irgendein Zeichen von Tristan und Arabella?"

„Nein, aber mach dir keine Sorgen, Mädchen. Ara wird kommen."

„Das hoffe ich." Sie blickte auf den Monitor. Der Van war nicht mehr da, was bedeutete, dass er auf Stonefire-Land sein musste. „Das Interviewteam wird wahrscheinlich jede Sekunde hier sein."

„Melanie." Sie sah Bram an, sein Blick war fest und stark, jedes Gramm der Clan-Anführer, der er war. „Was auch immer heute passiert, ich möchte mich für alles bedanken, was du für unseren Clan getan hast."

„Die Dinge könnten sehr schiefgehen, Bram. Ich würde mir noch nicht danken."

Er machte einen Schritt auf sie zu. „Selbst, wenn Flugzeuge am Himmel auftauchen und anfangen, Bomben abzuwerfen, werde ich immer noch danke sagen. Du versuchst es, was mehr ist, als jeder andere jemals unternommen hat, für meine Art zu tun."

Sie tippte sich mit der Hand gegen den Schenkel. Lob anzunehmen war nie eine ihrer Stärken gewesen. „Das ist ein bisschen egoistisch, denn ich tue es vor allem für meine Kinder."

Einer von Brams Mundwinkeln zuckte nach oben. „Red dir das ein, Mädchen, wenn es dir hilft." Er hielt inne und fuhr fort: „Kommst du? Alle gehen in den provisorischen Green Room, was wahrscheinlich Nikki und Hudson noch nervöser machen wird. Ich bin mir sicher, dass Evies Schwangerschaftshormone der Situation auch nicht gerade zuträglich sind."

Sie lachte. „Zumindest ist sie nicht schwanger mit Zwillingen. Ich habe gehört, dass es alles doppelt so schlimm macht, obwohl ich mir nicht sicher bin, ob ich Tristan glauben soll." Sie richtete sich auf. „Jedenfalls: Lass uns diese Party beginnen."

Bram schmunzelte. „Sei einfach so, und alle werden dich lieben."

„Vielleicht. Ich werde etwas diplomatisch sein müssen, wenn ich mit der Journalistin spreche."

Als sie zur Tür hinaus und die Treppe hinuntergingen, sagte Bram: „Ich habe ein paar von Jane Hartleys Interviews gesehen. Sie ist mehr als fair."

Sie sah zu ihrem Clan-Anführer. „Ihretwegen mache ich mir keine Sorgen. Ich mache mir mehr Sorgen über die Folgen."

Bram hielt seine Stimme leise. „Behalte dieses Gefühl einfach für dich, Mädchen, sonst geraten die anderen in Panik."

Sie nickte kurz, bevor sie und Bram das Zimmer betraten, das als Wartebereich genutzt wurde; alle drei Augenpaare starrten sie erwartungsgemäß an. Nikki und Hudson hatten ebenfalls einen Hauch von Nervosität in den Augen. Sie wollten, dass sie ihnen die Angst nahm.

Zum ersten Mal verstand sie, womit Bram es regelmäßig zu tun hatte.

Mel sammelte jede Unze Sachlichkeit, die sie aufbringen konnte, und machte Nikki und Hudson ein Zeichen. „Die TV-Crew sollte bald hier sein. Aber keine Sorge, ich weiß, dass ihr alle brillant sein werdet. Wir haben eure Gesprächsthemen besprochen. Wenn ihr erstarrt, atmet tief durch und versucht es erneut. Ganz Stonefire hängt von uns ab."

Nikki und Hudson nickten ein wenig blass.

Während Mel Nikki recht oft gesehen hatte, als er Evies Aufpasser gewesen war, hatte Mel in der

Vergangenheit nur selten mit Hudson gesprochen. Seine Gefährtin Charlie war Beschützerin und vor vier Monaten in den Händen der Drachenjäger getötet worden. Seine arme Gefährtin war ausgeblutet worden.

Der Drachenmann war still, mit Traurigkeit in den Augen, aber dauerhaft eingebrannten Lachfältchen in den Mundwinkeln. Irgendwann musste er glücklich gewesen sein. Sie hatte jedoch das Gefühl, dass er seit Monaten nicht mehr gelächelt hatte. Sie hoffte, dass er das bald zum Wohle seines Sohnes wieder hinbekam.

Nikki hingegen war von Natur aus aufgeschlossen und plapperte leise mit einer Mischung aus Aufregung und Nervosität in ihren Augen. Obwohl sie zur selben Zeit wie Charlie gefangen genommen worden war, hatte Nikki überlebt. Aber nicht einmal Melanie kannte alle Details aus ihrer Zeit mit den Drachenjägern.

Bevor Mel sich ermutigendere Worte für die nervösen Drachenwandler überlegen konnte, kam Kai in den Raum, und alle wandten ihren Blick auf das Oberhaupt der Beschützer. „Wir haben die BBC-Crew durchsucht und abgetastet. Es gab weder Waffen noch den Geruch nach Drogen oder Chemikalien. Mehr können wir nicht tun."

Bram nickte. „Gut, dann führe sie in den Wohnbereich. Dort werden die Befragungen stattfinden. Sag ihnen, wir sind in ein paar Minuten da."

Kai ging, um den Befehl auszuführen.

Melanie widersetzte sich dem Drang zu zappeln. Sie zog Bram beiseite und flüsterte: „Wo ist Arabella?"

Er reichte Murray an Evie weiter. „Ich rufe Tristan an, während du alle ruhig hältst. Schaffst du das?"

„Ja."

„Gut, dann bin ich gleich wieder da."

Als Bram weg war, warf Mel Evie einen Blick zu. Sogar ihre Freundin war etwas besorgt.

Nein. Mel würde nicht aufgeben. Wenn Arabella wirklich nach Lochguard wollte, würde sie das durchziehen. Das musste sie.

TRISTAN WOLLTE um die letzte Ecke eilen und Arabella ins Haus führen. Das Interview hätte schon beginnen sollen, und er wollte auf seine Gefährtin aufpassen.

Seine Schwester hingegen hatte es nicht eilig. Gerade, als sie die letzte Kurve erreichten, hielt Arabella an und drückte ihre Hände zusammen. Er versuchte, die Ungeduld aus seiner Stimme zu halten und fragte: „Stimmt etwas nicht?"

Ein Moment der Stille verging und dann noch einer. Schließlich sagte seine Schwester: „Ich weiß nicht, ob ich das kann, Tristan."

Das vorige Selbstvertrauen und Feuer waren aus ihrer Stimme verschwunden. Er drehte sich zu seiner Schwester und sah sie auf den Boden blicken.

Der Anblick erinnerte ihn an Ara in ihren späten Teenagerjahren, während der ersten Jahre nach dem Angriff.

Sein Drache meldete sich zu Wort. *Sie braucht uns - wie früher.*

Ich weiß, verdammter Drache. Gib mir eine Chance, ihr zu helfen.

Dann trödle nicht.

Um seinen Drachen zum Schweigen zu bringen, ging Tristan zu seiner Schwester. Er legte einen Finger unter ihr Kinn und hob ihren Kopf, bis sie ihm in die Augen sah. Die Ungewissheit und Traurigkeit, die in ihrem braunen Blick zu sehen waren, drückten sein Herz. „Arabella, du schaffst das. Und nicht nur wegen des Deals, den du mit Mel und Bram gemacht hast. Du bist im letzten Jahr weit gekommen. Wenn du über deine Vergangenheit sprichst, wirst du den letzten Abschnitt deiner Genesung erreichen.”

„Ich habe Angst, einen weiteren Anfall vor laufender Kamera zu bekommen. Die Erinnerungen sind einzeln schon schwer zu verarbeiten. Wie kann ich mit allen auf einmal umgehen?”

Er legte seine andere Hand auf die Schulter seiner Schwester. „Denk an Lochguard. Verdammt, denk an den schottischen Bastard, wenn es hilft. Stell dir etwas vor, das du willst, etwas Positives, um den schlechten Erinnerungen entgegenzuwirken. Dann wirst du es gut machen.”

Ara sah in seine Augen, bevor sie antwortete: „Das ist deine Lehrerrolle, nicht wahr?"

Er zuckte die Schultern. „Einige meiner Schüler haben Angst vor ihren inneren Drachen, bis wir gemeinsam daran arbeiten, sie zu Freunden zu machen. Oder wenn nicht Freunde, dann zu dem Punkt, wo sie einander tolerieren. Ich habe dir zu viele Jahre lang Raum gegeben, aber jetzt nicht mehr. Bevor du nach Lochguard gehst, werden wir an dir und deinem Drachen arbeiten."

Er wartete ab, ob er zu weit gegangen war. Die Gegenwart war vielleicht nicht der beste Zeitpunkt, um vorzuschlagen, mit ihrem Drachen zusammenzuarbeiten, aber Tristan war es egal. Arabella zu schubsen würde sie wissen lassen, dass er sie nicht wieder verhätscheln würde.

Der Blick seiner Schwester wurde entschlossen. „Es war mir zu peinlich, dich vorher um Hilfe zu bitten. Jetzt, da du sie angeboten hast, werde ich sie annehmen."

„Du bist die einzige Blutsverwandte, die ich habe, Arabella. Scheue dich nie, mich um etwas zu bitten."

Einer ihrer Mundwinkel hob sich. „Auch, wenn es mitten in deinem Date mit Melanie ist?"

„Es gibt einige Bedingungen. Wenn dein Leben jedoch davon abhängt, dann ja, ich würde kommen, um dir zu helfen."

Sie starrten einander an. Wäre Melanie dort gewesen, hätte sie über Liebe und Familienbande geschwärmt. Tristan und Arabella funktionierten nicht so.

Stattdessen drückte er die Schulter seiner Schwester und deutete in Richtung ihres Ziels. „Bist du dann bereit?"

Ara atmete einmal tief ein und nickte. „Ich glaube schon."

„Gut. Dann ist es an der Zeit, die Drachenjäger sich wünschen zu lassen, sie hätten sich nie mit unserer Familie angelegt."

Sie gingen weiter, und seine Schwester sah ihn an. „Das ist ein bisschen viel, Tristan. Eine Geschichte wird die Welt nicht verändern."

„Ich weiß nicht. Wenn Melanie darin verwickelt ist, könnte sie das. Die verdammte Frau will die gesamte britische Gesellschaft in weniger als zwei Jahren verändern."

Arabella lächelte. „Das klingt, als hätte sie noch ein Buch, das geschrieben werden muss."

Er schüttelte den Kopf. „Sprich das nur nicht an. Ich werde versuchen, sie abzulenken, sobald das alles vorbei ist."

Sie erreichten die Tür des Cottages, und Kai winkte sie hinein. Das Oberhaupt der Beschützer führte sie zu einem Raum an der Seite, während er sie informierte. „Melanie ist im anderen Raum und wird gleich auf Sendung gehen. Arabella ist als Letzte dran." Ein Wachmann kam von der Tür herein. Als sie eintraten, fuhr Kai fort: „Warte hier mit den anderen. Sie können dir mehr darüber sagen, was dich erwartet."

Tristan sah zu Kai. „Gibt es Anzeichen von Gefahr?"

Der blonde Drachenmann schüttelte den Kopf. „So weit, so gut. Die Security ist in höchster Alarmbereitschaft. Deiner Gefährtin wird nichts passieren, Tristan, wenn ich es verhindern kann."

Kai sah so gefestigt und ernst aus wie immer, aber Tristan bemerkte die Ringe unter seinen Augen. Das Oberhaupt der Beschützer arbeitete rund um die Uhr und schlief wahrscheinlich nicht.

Er würde es Bram später sagen. Ein überarbeiteter Beschützer war eher eine Belastung als ein Nutzen, und Kai war zu wertvoll, um einen Burnout zuzulassen.

Tristan antwortete: „Ich glaube dir. Geh und tu, was du tun musst. Ich werde Arabella hier Gesellschaft leisten."

Der Unterton sagte, dass Tristan dafür sorgen würde, dass seine Schwester blieb.

Sobald Kai weg war, sah er sich im Zimmer um, bis er Nikki, Hudson und Evie sah, die Baby Murray im Arm hielt, alle standen in der Nähe eines Fernsehbildschirms. Evie sah über ihre Schulter, lächelte Arabella warm an und begegnete dann seinem Blick. „Mels Interview fängt gleich an. Komm und sieh zu."

Während er seine Schwester zur Gruppe begleitete, blickte er auf den Fernseher und sah Mel. Sie sah etwas zu attraktiv aus, mit ihrem frisierten Haar und dem leichten Make-up, aber er hielt seinen Drachen in Schach, bevor sein Tier sich beschweren konnte. Stattdessen hielt Tristan den Atem an, als der Reporter zu reden begann.

Kapitel Acht

Um nicht zu zappeln, wackelte Melanie mit den Zehen in ihren Schuhen. Und als das Wackeln nicht reichte, versuchte sie, nacheinander jeden einzelnen zu bewegen. Das Warten brachte sie um, und nicht nur, weil Arabella nicht angekommen war, bis sie aus dem improvisierten Green Room geholt wurde.

Nein, sie würde sowohl den Drachenwandlern helfen als auch die Geschichte zum Besseren verändern, oder sie würde es vermasseln und es für sie schlechter machen.

Hätte ihr je jemand gesagt, dass sie an diesem kritischen Punkt in der Geschichte der Drachenwandler beteiligt sein würde, hätte sie denjenigen vor ein paar Jahren ausgelacht. Komisch, wie der Versuch, ihren Bruder zu retten, sie genau an diesen Punkt in ihrem Leben gebracht hatte.

Bald kam die Journalistin, über die sie informiert worden war, in den Raum, und Mel konzentrierte sich darauf, bestmögliche Arbeit zu leisten.

Die schwarzhaarige, blauäugige Frau lächelte und streckte ihre Hand aus. Sobald Mel sie nahm, sagte die Journalistin: „Mein Name ist Jane Hartley. Danke, dass sie sich bereit erklärt haben, mit mir zu reden."

„Ich könnte dasselbe zu Ihnen sagen. Ich weiß es wirklich zu schätzen, dass Sie so kurzfristig kommen konnten."

Jane winkte das mit einer Hand ab. „Durch Sie habe ich vor allen anderen einen Vorsprung. Nein, ich sollte diejenige sein, die sich bedankt." Sie deutete auf die Gruppe von Stühlen. „Die Live-Übertragung beginnt in wenigen Minuten. Machen wir es uns bequem."

Mel nahm einen der Plätze und kreuzte ihre Beine an den Knöcheln. Während sie auf die beiden Kameras blickte, versuchte sie, nicht in Panik zu geraten. Sie hatte es mit dem Menschenhasser Tristan aufgenommen und gewonnen. Sicher wäre es einfacher, bei einer Live-Übertragung über eine ihrer Leidenschaften zu sprechen.

Melanie wandte ihren Blick der Frau zu. „Wenn möglich, sehen Sie mich an und nicht die Kamera. Wir schalten in 30 Sekunden live."

Nickend zählte Mel in ihrem Kopf mit. Als der

Kameramann den letzten Finger des Countdowns zeigte und dann auf sie, setzte sie sich etwas aufrechter hin und sah, wie angewiesen, Jane an.

Jane blickte hinter Mels Schulter in eine der Kameras. Jede Sekunde, in der sie stillsaßen, ließ ihr Herz nur schneller schlagen. Wie lange mussten sie warten, bis sie das Interview beginnen konnten?

Nach etwa 45 Sekunden antwortete die Frau endlich dem, der mit ihr über den Kopfhörer sprach. „Danke, John. Melanie Hall-MacLeod kam zum ersten Mal als Opfer hierher und hat sich mit dem Drachenwandler, der ihr vor weniger als einem Jahr zugeteilt worden war, verbunden. Sie ist die Autorin von *Die Drachen offenbaren*, und sie hat sich zusammen mit einer Reihe anderer Mitglieder des Stonefire-Clans bereit erklärt, mit mir zu sprechen und uns einen Einblick in das Leben einiger Drachenwandler zu gewähren." Jane sah zu Mel und lächelte. „Bevor wir beginnen, möchten Sie noch etwas hinzufügen?"

Eine Million Gedanken rasten ihr durch den Kopf. Sie wollte direkt in eine Rede eintauchen, aber entschied sich dagegen. Die Journalistin mochte vielleicht gerade lächeln, aber wer wusste schon, was in fünf Minuten passieren konnte.

Mel atmete tief durch die Nase, um ihren Magen zu beruhigen, und antwortete: „Nein, so weit, so gut."

„Gut, meine erste Frage lautet: warum haben Sie das Buch geschrieben? Es kursiert eine Reihe von Theorien und Gerüchten, wie Sie wissen, aber was ist die Wahrheit?"

Mel hielt ihre Stimme stark. „Die Wahrheit ist, dass ich Ihnen mitteilen wollte, wie die Drachenwandler hier leben, damit jeder sehen kann, dass sie sich nicht so sehr von uns unterscheiden. Es gibt keine Hintergedanken, keinen Plan für die Weltherrschaft. Jeder, der etwas anderes behauptet, ist einfach dumm."

„Sie müssen aber zugeben, dass ein Mensch, der sich in Sekundenschnelle in einen 15-Meter-Drachen verwandeln kann, normalen Menschen Angst einjagt. Wenn die Regierung Drachenwandler und Menschen frei interagieren lässt, wie würden wir dann verhindern, dass bösartige Drachen die Bevölkerung terrorisieren?"

Bei der Wut, die durch ihren Körper strömte, drückte Mel ihr Bein mit einer ihrer Hände, um sie zu verdrängen. Ihre Stimme war ruhig, aber leise, als sie antwortete: „Menschliche Psychopathen durchstreifen die Straße und mehr als nur ein paar sind Killer. Und trotzdem: sperren Sie alle Menschen mit aufbrausendem Temperament ein, um einen möglichen Mord in Zukunft zu verhindern? Nein. Das Gleiche gilt für Drachenwandler. Es gibt ein paar faule Eier, aber wie Sie heute bei einigen meiner Clan-Mitglieder sehen werden, versuchen Drachenmänner und -frauen einfach nur, ihr Leben zu leben, ohne gejagt, zur Zielscheibe gemacht oder ausgeblutet zu werden."

„Ich nehme an, Sie sprechen über die Drachenjäger und das Problem, dass sie Drachenblut auf dem Schwarzmarkt verkaufen. Anstatt aus zweiter Hand darüber zu reden, wie wäre es, wenn wir eines Ihrer Clanmitglieder zu uns holen?"

Ihr Teil des Interviews schien extrem kurz zu sein, aber es gab nichts, was sie tun konnte, außer nicken. Vielleicht könnte sie später mehr über ihre Zeit bei Stonefire reden.

Von der Tür auf der anderen Seite geleitete einer der BBC-Mitarbeiter Hudson herein. Als er sich neben Melanie setzte, lächelte Jane den Drachenmann an und sprach. „Hudson, vielen Dank, dass Sie sich mit uns treffen. Ich hörte, Drachenjäger haben Ihre Frau vor ein paar Monaten getötet. Bitte sagen Sie uns, was passiert ist."

Mel hörte zu, wie Hudson die Geschichte so erzählte, wie sie sie geprobt hatten. Der Drachenmann war ernst, und seine Stimme brach nur zweimal während seiner Erzählung. Melanies Herz zog sich bei dem Schmerz in seinen Augen zusammen. Sie wusste nicht, was sie tun sollte, wenn sie Tristan verlor.

Aber da sie die Geschichte schon zehnmal gehört hatte, wanderten ihre Gedanken, während Jane ihm noch ein paar Fragen stellte. War Arabella schon da? Würde sie es wirklich durchziehen?

Nein. Hör auf, an dir zu zweifeln. Tristan wird sich darum kümmern. Wenn jemand ihre Schwägerin

überzeugen konnte, etwas zu tun, dann war es
Tristan. Und selbst wenn er Schwierigkeiten hatte,
würde er Bram anrufen.

Melanie konzentrierte sich wieder auf Jane und
Hudson und drückte die Gedanken an Arabella aus
ihrem Kopf. Was auch immer ihre Schwägerin am
Ende tat, ihre Clan-Mitglieder brauchten ihre
Unterstützung.

ARABELLA SAH ZUERST HUDSON, dann Evie mit
Murray, und schließlich ging Nikki mit einem der
Nachrichtenmitarbeiter.   Als   jedes   ihrer
Clanmitglieder ging, wurde es schwieriger, nicht zu
fliehen. Sie war fast dran.

Melanie war in ihrem Teil des Interviews
fantastisch   und   sowohl   stark   als   auch
leidenschaftlich gewesen, ohne sich in kleinliche
Kommentare zu verstricken. Ihre Schwägerin hätte
in einem anderen Leben Politiker gewesen sein
können.

Ihre anderen Clanmitglieder hatten sich auch
ziemlich   gut   geschlagen.   Selbst   als   Hudson
zusammenbrach,   während   er   den   Tod   seiner
Gefährtin   beschrieb,   hatte   Jane   Hartley   sogar
versucht,   ihn   zu   trösten,   ohne   sich   darum   zu
scheren, dass er ein Drachenwandler war. Wenn das
die Reaktion einer erfahrenen Journalistin war,
dann musste es auch die allgemeine menschliche
Bevölkerung bewegen.

Mels Plan könnte funktionieren, auch ohne Arabellas Hilfe.

Sie sah zur Tür. Wenn sie jetzt ginge, hätte sie noch Zeit, das Cottage zu verlassen, bevor sie sie aufriefen.

Dann kam Tristan mit Bram in den Raum, und jede Hoffnung auf Flucht verblasste. Die einzigen beiden Männer im ganzen Clan, die sie überzeugen konnten, das Interview fortzusetzen, waren angekommen.

Bram ging nach links und Tristan nach rechts. Bram war der Erste, der sich äußerte. „Bist du noch dazu bereit, Mädchen?"

„Als hätte ich eine Wahl."

Bram musterte sie, bevor er antwortete: „Du hast eine Wahl, Arabella. Wenn du nach Lochguard möchtest, dann wirst du es tun. Wenn du dich zurückziehen willst, unterstütze ich dich, aber das signalisiert, dass du noch nicht bereit bist, den Clan zu verlassen."

Sie sah wieder auf den TV-Bildschirm. Nikki war jetzt sehr engagiert, sie gestikulierte mit den Händen und bewegte ihre Arme, um zu beschreiben, wie die Drachenjäger sie gefangen genommen hatten.

Tristans Stimme gewann ihre Aufmerksamkeit. „Du wirst es schon gut machen. Denk an das, was ich dir gesagt habe."

Richtig, positive Gedanken. Sie erinnerte sich an ihre Forschungen über den Lochguard-Clan.

Der schottische Clan lag im nördlichen

Hochland, eingebettet neben einem See. Gipfel und sanfte Hügel umgaben das Clan-Land. Der See und die Hügel waren ähnlich, aber doch anders als der Lake District, und vor allem wollte sie die Möglichkeit haben, sie zu erkunden. Mit der Zeit würde sie vielleicht sogar über sie fliegen.

Dann blitzte Finlay Stewarts gutaussehendes Gesicht in ihren Kopf, und sie konnte gerade noch verhindern, dass sie zusammenzuckte. *Warum denke ich an ihn? Er ist dominant, aufdringlich und viel zu großspurig.*

Aus dem Nichts sagte ihr Drache, *Aber es macht Spaß, ihn zu ärgern.*

Sie hielt eine Sekunde inne, bevor sie sich zwang, zu antworten. *W-was hast du gesagt?*

Fürchte mich nicht, Ara. Wir werden in Schottland Spaß haben.

Arabella blinzelte. Ein Teil von ihr wollte weiter mit ihrem Drachen reden, aber ein anderer Teil von ihr fühlte sich seltsam an. Auch wenn ihr inneres Tier die ganze Zeit dort war, waren sie im Wesentlichen Fremde, und sie hatte keine Ahnung, wie sie sich verhalten sollte.

Und doch hatte sie zum ersten Mal seit fast elf Jahren mit ihrem Drachen gesprochen. Eine tief sitzende Einsamkeit, die sie so lange ignoriert hatte, löste sich einen Bruchteil, und ihr Herz wurde warm.

Das Gefühl veranlasste sie, etwas aufrechter zu stehen. Sie hatte einen verdammt langen Weg für ihre Genesung zurückgelegt. Wenn sie wirklich jemals gesund werden wollte, musste sie Stonefire für eine Weile verlassen und herausfinden, wer zum Teufel sie war und was sie vom Leben wollte.

Einer der Nachrichtenmitarbeiter betrat das Zimmer und bat Arabella, ihm zu folgen. Sie spürte Tristans und Brams Augen auf sich, also sah sie jeden der Reihe nach an. „Mir wird es schon gut gehen."

Als sie zum Mitarbeiter ging, gab Arabella zu, dass sie keine Ahnung hatte, was nach dem Interview passieren würde, aber sie wusste eines: Sie würde das Interview beenden und in zwei Monaten nach Schottland reisen.

Sie hatte es satt, Angst zu haben und sich zu verstecken. Sie war entschlossen, von nun an wieder ganz zu sein.

TRISTAN WARTETE, bis Arabella außer Hörweite war, bevor er Bram ansah. „Es wird ihr gut gehen."

„Das hoffe ich, Tristan. Sie mit Lochguard zu ködern, wie wir es gerade getan haben, scheint einfach nicht richtig zu sein."

„Das ist das Einzige, was sie wirklich will. So wie Mel sich ihren Weg in Arabellas Leben erzwungen hat, muss sie auch in diesem Punkt gedrängt werden. Ich bin sicher, du hast gesehen, wie ihre Augen zu Drachenschlitzen geblitzt sind."

„Ja, aber ich werde sie noch ein paar Prüfungen unterziehen, bevor sie geht. Sie wird nicht wissen, dass es Prüfungen sind, aber ich will nicht, dass sie vor dem Lochguard-Clan zusammenbricht. Ihr Stolz würde sich vielleicht nie erholen."

„Das können wir später diskutieren. Jetzt will ich meiner Schwester und meiner Gefährtin zuhören, also halt die Klappe."

Bram schüttelte den Kopf, blieb aber ruhig.

Im Fernsehen setzte sich Arabella auf den letzten Stuhl, der am weitesten von Melanie und der Journalistin entfernt war. Zumindest hielt die Entfernung den Menschen davon ab, Arabella zu berühren, was ein möglicher Auslöser für das Wiederaufflammen des vergangenen Traumas seiner Schwester gewesen wäre.

Tristan verschränkte die Arme vor der Brust und bewegte den Blick auf das Gesicht seiner Gefährtin. Nur wenige würden es merken, aber sie hielt ihr Bein fest, um sich zurückzuhalten. Jane Hartley hatte kaum mit Melanie gesprochen. Seiner Gefährtin würde das kein bisschen gefallen.

Als Arabella anfing zu reden, hörte er zu. „Ja, mein Name ist Arabella MacLeod, und ich wurde von einer Gruppe Carlisle-Drachenjägern entführt, geschlagen und gefoltert, als ich siebzehn Jahre alt war."

Obwohl Arabellas Stimme etwas weniger selbstbewusst war, als er wollte, war Tristan stolz auf seine Schwester.

Jane fragte: „Haben Sie Ihre Narben und Verbrennungen daher bekommen?"

Arabella hielt inne und antwortete dann: „Ja. Eine Gruppe von Männern hielt mich fest, schüttete Benzin auf die Hälfte meines Körpers und setzte mich in Brand."

Die Journalistin hielt ebenfalls inne. Ihre Stimme war leise, als sie schließlich sprach: „Haben sie einen Grund genannt?"

Tristan hielt seine Arme fester. *Als ob sie einen verdammten Grund bräuchten.* Drachenjäger waren böse.

Seine Schwester war diplomatischer als er. „Das Blut eines Drachen kann nichts heilen, bis ein Drachenwandler erwachsen ist. Melanie hat das in ihrem Buch erklärt." Arabella sah zu Melanie und dann zurück zu der Journalistin. „Sie wollten mich schwächen, damit es einfach wäre, mich gefangen zu halten, bis ich alt genug bin."

Jane Hartley räusperte sich und fragte: „Manche sagen, dass wir bereits zu viel Geld ausgeben, um die Drachenjäger aufzuspüren. Was würden Sie solchen Menschen sagen?"

Arabella runzelte die Stirn. „Nach dem heutigen Tag hoffe ich, dass sie sich das noch einmal überlegen, bevor sie solchen Mist sagen. Jeder von uns hier hat gelitten, weil die Gesetze um die Drachenjäger zu lasch sind. Das Menschenrecht hindert uns daran, uns selbst um die Bedrohung zu kümmern, also muss entweder das Gesetz geändert werden, oder die MDA-Büros müssen ihr Spiel verstärken. Zu viele Drachen sterben, weil wir im Schwebezustand sind."

Bram murmelte: „Sie macht das ausgezeichnet. Wenn sie nie angegriffen worden wäre, wäre sie vielleicht schon immer so gewesen. Sie hätte sich sogar um die Clan-Führung bewerben können."

Tristans Drache meldete sich. *Ich stimme Bram zu. Arabella ist mehr eine Anführerin, als irgendjemand zugibt.*

Sie hat sich jahrelang eingesperrt. Natürlich würden sie das denken.

Sie wird in Zukunft außergewöhnliche Dinge tun. Ich glaube an sie.

Bevor er zu sehr an die Worte seines Drachen denken konnte, sprach Jane wieder direkt in die Kamera und signalisierte das Ende des Interviews. Tristan konzentrierte sich auf ihre Worte: „Ich möchte all unseren Gästen dafür danken, dass sie mit mir gesprochen haben. Ich bin sicher, dass ich nicht die Einzige bin, die etwas nachdenken und meine Ansichten über Drachenwandler, Drachenjäger und ihre Interaktionen mit Menschen neu bewerten wird.

Wenn Sie mehr erfahren möchten, können Sie sich drei Kapitel als kostenlose Vorschau von Melanie Hall-MacLeods Buch *Die Drachen offenbaren* herunterladen. Die Webadresse sehen Sie auf Ihrem Bildschirm, oder Sie können unsere Website besuchen, um den Link zu erhalten.

Bleiben Sie für die stündlichen Nachrichten mit John Smythe am Apparat. Hier spricht Jane Hartley auf dem Land des Stonefire-Clan im Lake District. Guten Abend."

Der Bildschirm wechselte zu einem anderen Programm, und Tristan ging zur Tür. Er musste nach seiner Gefährtin und seiner Schwester sehen. Melanies Gesicht nach zu urteilen war sie nicht glücklich über die ganze Sache, und er wollte sie beruhigen, bevor ihr Temperament mit ihr durchging.

Kapitel Neun

Melanie zwang sich, zu lächeln und Jane die Hand zu schütteln. Sobald sie sich entfernen konnte, ging Mel zur anderen Tür.

Sie konnte es immer noch nicht fassen. Mel hatte die ganze Zeit kaum etwas gesagt. Wie sollte sie eine leidenschaftliche Rede halten, Herzen erreichen und Gedanken beeinflussen, wenn sie nur dort saß?

Da sie nicht aufpasste, wohin sie ging, rammte sie in eine harte Brust. Sie wollte sich gerade schon entschuldigen, als sie sah, dass es ihr Gefährte war. „Tristan."

Ohne ein Wort zog er sie in seine Arme und hielt sie fest an sich. Der Kontakt half, ihre wütende Anspannung zu lockern. Die Stimme ihres Gefährten grollte in seiner Brust. „Du warst brillant, genau wie ich es erwartet habe."

Sie blickte auf, sah sich um und flüsterte: „Ich habe kaum etwas getan. Sie wollte mich nicht reden lassen. Die Rede, die ich vorbereitet habe, war komplett nutzlos."

Einer von Tristans Mundwinkeln zuckte nach oben, und sie sah ihn finster an. Er ignorierte ihren Blick und sagte: „Du hast es gut gemacht. Die Geschichten der anderen waren mächtiger als alles andere."

Sie atmete tief aus. „Ich weiß, aber ich wünschte, ich hätte mehr machen können. Arabella war trotzdem fantastisch. Sie ist nicht einmal zusammengebrochen. Sie ist weit gekommen, seit ich sie das erste Mal getroffen habe, Tristan. Sie ist bereit, nach Lochguard zu gehen."

Ihr Gefährte grunzte. „Darüber reden wir später. Jetzt möchte ich dich erst einmal nach Hause bringen. Auf das, was während des Interviews gesagt wurde, wird es sicher eine Reaktion geben, und wir sollten bereit sein."

Mel sah hinter sich, aber Bram sprach mit Evie und Arabella. Nikki und Hudson waren schon weg. „Wir sollten deine Schwester einladen."

„Ich glaube, sie geht bereits mit Bram und Evie. Wie ich meine Schwester kenne, möchte sie sicherstellen, dass Bram unverzüglich Lochguard anruft."

Arabella winkte ihnen tatsächlich mit der Hand zu, drehte sich um und ging.

Tristan stellte sich an ihre Seite und legte einen

Arm um ihre Schulter. Sie seufzte. „Glaubst du, dass die Drachenjäger oder vielleicht sogar die neu reformierten Drachenritter jetzt Vergeltung üben werden?"

Als sie zur Vordertür gelangten, drückte Tristan ihre Schulter. „Ich weiß es nicht, Liebes. Aber wie ich Kai kenne, entwickelt er bereits Verteidigungs- und Offensivstrategien."

„Stand er deshalb eine Weile seitlich im Interviewraum und hat die Journalistin angestarrt? Damit er Informationen für seine Pläne sammeln konnte?"

„Wovon sprichst du?"

Mel lehnte sich etwas mehr gegen ihren Gefährten. „Nun, er stand mit verschränkten Armen da und hat Jane Hartley die ganze Zeit angestarrt. Hat der Clan schon einmal mit ihr gearbeitet?"

„Nicht, dass ich wüsste. Er hat dich wahrscheinlich nur im Auge behalten. Sosehr wir der BBC auch vertrauen wollen, nicht jeder wird drachenfreundliche Ansichten haben."

„Wenn du meinst. Dennoch …"

„Spuck's schon aus, Melanie."

„Nun, es war schwer zu sehen, weil die grellen Lichter auf mich leuchteten, aber ich schwöre, er hat Jane angesehen, als würde er verhungern."

Sie waren jetzt draußen im Freien, und Tristan blieb stehen, um auf sie hinabzusehen. „Was?"

Sie neigte den Kopf. „Ja, er sah aus, als hätte er sein ganzes Leben auf sie gewartet, und wenn er die Gelegenheit bekäme, würde er sie verschlingen."

Tristan schüttelte den Kopf. „Unmöglich. Er hat seine Gefährtin vor langer Zeit kennengelernt, aber er konnte sie aus irgendeinem Grund nicht haben."

„Weißt du, warum nicht?"

Er hob eine Braue. „Bist du dir sicher, dass du Kai kennst? Manchmal sehe ich neben ihm wie eine Plaudertasche aus."

Sie lächelte. „Stimmt." Sie legte einen Arm um seinen Rücken und gab ihm einen kleinen Stoß. Als sie weitergingen, fügte sie hinzu: „Ich werde Bram später dennoch danach fragen. Vorausgesetzt natürlich, dass wir nicht angegriffen werden."

Bei der Erwähnung von Gefahr gingen sie schweigend weiter.

Melanie erhöhte ihr Tempo. So neugierig sie auch wegen Kai war, sie war sogar noch neugieriger auf die Reaktion auf ihr Interview. Sie wollte nur mit ihren Kindern kuscheln, neben ihrem Gefährten sitzen und herausfinden, was ihre Zukunft bereithielt.

Eineinhalb Stunden später wartete Mel darauf, dass das Kühlgel bei ihrem Sohn Wirkung zeigte. Als sie nach Hause gekommen waren, hatte Ella angedeutet, dass der Junge zahnte. Mel sah sich sein Zahnfleisch an, das erhitzt und leicht geschwollen war, und wusste, dass sie recht hatte.

Typisch Tristans Sohn, einen Wirbel zu machen, wenn er sich nicht wohlfühlte. In dieser Hinsicht waren Vater und Sohn identisch. Annabel hatte auch warmes Zahnfleisch, aber ihre Tochter steckte es hundertmal besser weg als ihr Bruder.

Sie schaukelte ihren Sohn und hoffte, dass das beruhigende Gel Jack beim Einschlafen helfen würde. Ihr Gefährte grinste sie an. Er kuschelte Annabel fester, um zu betonen, dass er die schlafende Hälfte ihrer Kinder hatte.

Mel zog ein Gesicht, und Tristan grinste noch breiter. „Sieh mich nicht so an. Du bist doch diejenige, die unbedingt Jack nehmen wollte. Er wird schon irgendwann einschlafen."

„Himmel, danke. Während ich das hier mache, ich weiß nicht, vielleicht könntest du die Nachrichten anmachen und sehen, was passiert? Anderthalb Stunden reichen aus, um das Unvermeidliche aufzuschieben."

„Wenn die Kinder und der drohende Untergang für alle Drachenwandler nicht wären, würde ich dich gern noch mehr aufmuntern. Ich mag es, wenn deine Augen blitzen und dein Gesicht rot anläuft."

Sie seufzte. „Bitte sag mir, dass du gerade nicht an Sex denkst, Tristan."

Er zuckte die Schultern. „Hey, wenn ein Drachenmann eine so schöne Gefährtin wie dich hat, denkt er immer an Sex."

Sie kämpfte gegen ein Lächeln und verlor. „Schalt einfach den Fernseher ein und sieh dir die Nachrichten an."

Tristan schmunzelte. Sie wusste, dass er übermütig und verdammt unerträglich sein würde, wenn sie später am Abend allein waren.

Er nahm die Fernbedienung und wedelte damit in ihre Richtung. „Ich würde mir nicht zu viele Sorgen machen. Bram und Kai hätten an unsere Türen geklopft, wenn etwas nicht stimmte."

„Trotzdem, ich will es wissen. Wenn es nicht so gut läuft, wie ich es möchte, muss ich mir etwas anderes überlegen."

Tristan hob eine Braue. „Wir werden uns alle etwas anderes ausdenken. Die Welt allein zu erobern, wird dich umbringen, Liebes."

Jack wand sich in ihren Armen, als würde er gleich aufwachen, also wiegte sie ihn. Als er sich beruhigte, sah sie Tristan an. „Wenn du dafür den verdammten Fernseher einschaltest, werde ich sogar einer Kostümparty zustimmen."

Er betrachtete sie. „Das würde ich gerne sehen."

Mel verdrehte die Augen und hörte, wie der Fernseher eingeschaltet wurde.

Als sie auf den Fernsehbildschirm blickte, war dort das Tor des Stonefire-Clans zu sehen. Der Anblick der Menge ließ ihren Magen schwer werden. Warteten sie auf einen Angriff? Oder waren sie nur neugierig?

Dann sah sie die Menge genauer an. Einige Leute hielten Schilder in der Hand, aber sie konnte sie nicht erkennen. Da die Leute winkten und sich bewegten, war es schwierig.

Als sie sich dem Fernseher näherte, konnte sie

eines lesen: „Stoppt die Folter!" Ein anderes lautete: „Gerechtigkeit für Arabella!"

Mel blinzelte. „Werde ich gerade verrückt oder hat Arabella jetzt eine Art Fanclub?"

Tristan grunzte. „Es scheint so. Ich bin mir nicht sicher, wie mir das gefällt."

Eine Stimme begann zu reden, und sie winkte Tristan mit der Hand zu. „Sei mal kurz still. Ich will hören, was sie sagen."

Ausnahmsweise forderte ihr Drachenmann sie nicht heraus.

Die Sprecherstimme füllte die Stille aus. „Niemand war sich sicher, wie unser Interview mit Mitgliedern des Stonefire-Clans aufgenommen werden würde. Doch kaum zwei Stunden nach der Übertragung hat sich bereits eine Gruppe vor Stonefire versammelt. Die Menge ist zwar noch klein, aber sie setzt sich leidenschaftlich dafür ein, dass Drachenwandlern Gerechtigkeit widerfährt. Unsere Jane Hartley ist vor Ort. Hören wir uns an, was einige Teilnehmer zu sagen haben."

Der Bildschirm wechselte zu Jane Hartleys lächelndem Gesicht. „Ich stehe vor den Toren, und wie Sie sehen können, sind etwa fünfzig Leute hinter mir. Anders als beim Vorfall während der Pressekonferenz scheinen alle hier Befürworter der Drachenwandler zu sein. Einige von ihnen haben zugestimmt, mit mir zu reden. Sprechen wir jetzt mit unserer ersten Person." Jane sah hinüber, und die Aufnahme zeigte eine Frau mit Brille. Jane fragte: „Warum haben Sie sich entschieden, heute hierherzukommen?"

Die Stimme der Frau klang nach Norden, wahrscheinlich aus einem Nachbardorf. „Diese Geschichten im Fernsehen zu hören, hat mich krank gemacht. Wenn ein Mensch einen anderen tötet oder eine menschliche Frau verbrennt, wird er vor Gericht gestellt. Aber wir hören nie, dass Drachenjäger oder -hasser vor Gericht gestellt werden. Es ist an der Zeit, einige der alten Gesetze zu ändern, insbesondere angesichts dessen, was heute mit den MDA-Büros passiert ist. Es musste etwas getan werden."

Jane fragte: „Waren Sie ein Leben lang Befürworterin der Drachenwandler-Rechte?"

Die Frau mit der Brille schüttelte den Kopf. „Ich habe ehrlich gesagt nie viel darüber nachgedacht, bis ich in die Nähe zog und die Drachen über mir fliegen sah. Und selbst dann war es nur etwas, das man anstarren konnte. Nachdem ich die vier Geschichten heute gehört habe, kann ich sie nicht mehr ignorieren. Ich möchte die Drachen besser kennenlernen."

Mel schloss den Mund, nachdem ihre Kinnlade heruntergefallen war, und sah zu Tristan. „Hast du das gehört? Ich möchte fast sagen, dass es zu schön ist, um wahr zu sein, aber vielleicht, nur vielleicht, werden sich die Dinge doch endlich ändern."

„Ich würde mir noch nicht zu viele Hoffnungen machen. Es ist noch früh."

„Trotzdem ist die Tatsache, dass so viele uns

unterstützen, ein Zeichen. Ein Teil der Gleichgültigkeit gegenüber Drachenwandlern verschwindet. Das allein ist enorm."

„Es wäre noch besser, wenn sie meine Schwester da raushalten würden."

Mel stieß ein frustriertes Geräusch aus. „Können wir nicht einfach ein bisschen feiern? Ja, ich weiß, dass jede Minute etwas schiefgehen könnte, aber ich kann mich an keine Zeit in meinem Leben erinnern, in der Menschen sich so sehr um Drachenwandler gesorgt haben."

Tristan sah sie eine Sekunde an, bevor er antwortete: „Ich werde zumindest ein paar Stunden warten. Wenn die Dinge so weitergehen, und das ist ein großes „wenn", dann habe ich vielleicht schon bald die Chance, deine Eltern und deinen Bruder persönlich einzuschüchtern."

Mel verdrehte die Augen. „Meine Mom ist mir sehr ähnlich. Sie lässt sich deinen Mist nicht gefallen."

„Dann dein Bruder."

Mel lächelte bei der Erwähnung ihres Bruders. „Ich bin mir nicht sicher, was Oliver angeht. Früher, bevor er Krebs bekam, war er lustig und konnte jeden bezaubern. Ich frage mich, ob er wieder zu seinem alten Ich zurückgefunden hat oder nicht. Das ist bei unseren Videochats schwer zu sagen."

„Wenn du etwas dazu zu sagen hast, werden wir es früh genug persönlich herausfinden, mein kleiner Mensch."

Sie lächelte und blickte auf Jack hinab, der sich

endlich beruhigt hatte. „Legen wir die Zwillinge hin und riskieren es, im Internet zu suchen. Ich möchte wissen, wie andere Nachrichtenagenturen mit all dem umgehen, und nicht nur in Großbritannien. Vielleicht bist du dann ein wenig optimistischer."

„Du brauchst meine Zweifel, um dich zu erden."

Sie verzog ihr Gesicht zu einem ernsten Ausdruck und sagte mit sarkastischem Tonfall: „Ja, ohne dich würde sich die Welt nie ändern. Nur durch deine Zweifel kann ich motiviert werden, die Welt zu verändern."

„Verdammte sture Frau." Tristan stand vorsichtig auf. „Um noch einmal auf dein ursprüngliches Thema zurückzukommen: Amerika könnte gut damit umgehen. Bei China oder Russland bin ich mir allerdings nicht so sicher."

Mel wurde wieder ernst und ging mit ihrem Gefährten die Treppe hoch zum Zimmer der Zwillinge. „Egal, wenn wir herausfinden, welche Länder es gut aufnehmen, kann sich Bram an andere Clanführer wenden."

Tristans Stimme war trocken. „Weiß Bram von deinen Plänen, die Weltherrschaft zu übernehmen?"

Sie warf ihm einen Blick über die Schulter zu. „Noch nicht. Aber er ist derjenige, der Bündnisse schließen will. Das ist eine zu gute Gelegenheit, die sollte man sich nicht entgehen lassen. Ich bin mir ziemlich sicher, dass Evie mich dabei unterstützen wird. Und wenn sie es tut, hat er keine Chance."

Tristan schüttelte den Kopf und murmelte, „Menschenfrauen."

„Das ist richtig, Mister, und du würdest es nicht anders wollen."

Im Zimmer gab Tristan ihr einen schnellen Kuss. „So viel Ärger du auch machst, du hast recht. Sowohl Mann als auch Drache wollen nur Melanie Hall-MacLeod."

„Du bist auch nicht schlecht, Drachenmann."

Lachend machten sich die beiden an die Arbeit und legten die Zwillinge für die Nacht hin.

Mel berührte jedes ihrer Babys abwechselnd. Abgesehen von Tristans Zärtlichkeit hätten ihre Kinder die Zukunft, die sie verdient hatten. Sollte die Reaktion der Öffentlichkeit aus irgendeinem Grund lauwarm und nicht unterstützend sein, würde sich Mel eine andere Taktik ausdenken. Und dann noch eine. Sie würde alles tun, um sicherzustellen, dass ihre Kinder die Möglichkeit hätten, ihre menschliche Seite der Familie kennenzulernen.

Sie und Tristan konnten sogar ihre alljährlichen Familienreisen im Sommer beginnen. Auch wenn ihre Zwillinge und ihr Partner fliegen konnten, verband nichts eine Familie besser als eine lange Autofahrt.

Beide Babys schliefen in ihren Kinderbetten, sie lehnte sich über sie und legte ihr volles Vertrauen in ihre Stimme, als sie flüsterte: „Ich werde die Welt für euch beide verändern, egal, was dazu nötig ist."

ARABELLA ÖFFNETE die Arme und stellte sich breitbeinig hin. Dann scharrte sie mit den Füßen und ballte ihre Hände an der Seite. Schließlich sagte Bram: „Hör auf zu zappeln, Ara. Finn sagte, er werde sich anmelden."

Da Arabella die Verbindung hergestellt hatte, wusste sie das. Trotzdem war der Moment zu wichtig. Bevor irgendjemand seine Meinung ändern konnte, auch sie selbst, wollte sie, dass ihr Aufenthalt bei Lochguard abgemacht war.

Der Bildschirm füllte sich mit Finlay Stewarts großspurigem Grinsen, und ihre Aufregung ließ etwas nach. Ohne nachzudenken, platzte sie heraus: „Du bist zu spät."

Finn grinste. „Kannst es nicht abwarten, mit mir zu sprechen, was, Arabella? Nachdem du jetzt eine Berühmtheit bist, ist deine Zuneigung umso wertvoller."

Sie öffnete den Mund, um zu antworten, aber Bram kam ihr zuvor. „Hör auf mit dem Flirten, Stewart. Wie du dir vorstellen kannst, habe ich eine Million Dinge zu tun. Dass du eines meiner Clanmitglieder bezirzt, steht nicht auf dieser Liste."

Finn antwortete: „Nun, dann nur zu. Was ist so dringend, dass es nicht warten konnte?"

Bram sah Arabella an, und sie nickte. Ihr Clanführer blickte auf den schottischen Anführer zurück. „Ich habe mich entschieden, wen ich zu deinem Clan schicke."

Finns bernsteinfarbener Blick ging zu ihrem und hielt ihn. „Ach so?"

Ihr Herz schlug schneller. Finn sah sie direkt an, als würde er in ihre Seele blicken. Für eine Sekunde gingen ihr Zweifel durch den Kopf. War sie wirklich bereit, Stonefire zu verlassen? Würde Lochguard sie akzeptieren? Würde Finn seine Hurenbock-Nummer lassen, sobald sie angekommen war, und sie ignorieren?

Und warum zum Teufel war ihr seine Meinung wichtig? Die beiden in einem Raum würden sich bald gegenseitig umbringen.

Brams Stimme zog sie zurück in die Gegenwart. „Ja, aber bevor ich es dir sage, möchte ich dich an unsere früheren Diskussionen erinnern. Wenn mein Clanmitglied in irgendeiner Weise verletzt wird, werde ich unsere Allianz ernsthaft überdenken. Verstanden?"

Finn wandte endlich seinen Blick zurück zu Bram. Seine Arroganz war durch einen Anflug von Wut ersetzt. „Wenn du denkst, ich würde deinem Clan-Mitglied absichtlich wehtun, dann kennst du mich überhaupt nicht. Verdammt, ich habe deine Gefährtin gerettet, Bram. Ich denke, ich verdiene dein Vertrauen."

Bram nickte. „Tust du, und ich weiß dein Angebot, uns einen sicheren Zufluchtsort auf Skye zur Verfügung zu stellen, sehr zu schätzen. Trotzdem ist das Clan-Mitglied, das geht, wie eine Schwester für mich. Ich will sie nicht verletzt sehen."

Arabella konnte es nicht mehr aushalten. „Ich stehe genau hier, Bram. Wie ich bereits sagte, mir wird es gut gehen."

Finn sah ihr in die Augen und lächelte. „Oh, aye? Du bist also diejenige, die kommt." Er legte eine Hand über sein Herz. „Ich glaube, mein Herz ist gerade gehüpft. Ich freue mich darauf, dich wiederzusehen, Arabella. Dieses Mal kannst du nicht weglaufen."

Arabella hörte auf zu atmen. Obwohl es über ein Video lief, hätte sie schwören können, dass Finns Blick entschlossen und ein wenig hungrig aussah.

Nein. Sie musste sich das einbilden. Er war der Falsche für sie. Ganz zu schweigen davon, dass sie, während sie Fortschritte bei ihrem Trauma machte, Lichtjahre davon entfernt war, einen Mann auch nur zu küssen.

Nicht, dass sie Finlay Stewart überhaupt küssen wollte.

Bram knurrte. „Also nimmst du Ara?"

Finn lächelte. „Natürlich. Ich habe bald auch einen Kandidaten für dich. Wir können die Details besprechen, wenn du nicht mehr damit beschäftigt bist, dich jederzeit nach Gefahren umzusehen. Obwohl ich zugeben muss, dass du euren Clan in den Liebling Großbritanniens verwandelt hast. Ich bin mir nicht sicher, wie ich da mithalten kann."

Während Bram und Finn sich weiter wie Kinder zankten, konnte Arabella nur daran denken, wie sich ihr Leben in zwei Monaten ändern würde.

Selbst wenn es sie tötete, würde sie jeden Tag

mit Tristan arbeiten, wenn sie musste, um ihren Drachen besser kennenzulernen. Sie wollte nicht, dass jemand von Lochguard sie wegen eines Anfalls anders behandelte. Sie musste stärker sein, denn wenn sie bei Lochguard nicht neu anfangen konnte, war Arabella nicht sicher, ob sie jemals wieder die Chance hätte.

Und wenn das der Fall wäre, würde sie den Rest ihres Lebens als Geist leben.

Kapitel Zehn

Während Melanie mit den Fingern auf den Konferenztisch trommelte, sah sie erneut auf die Uhr an der Wand. Das Meeting hätte schon vor fünf Minuten beginnen sollen.

Die letzten Wochen waren verschwommen gewesen. Melanie war mit Fernsehinterviews, der Beantwortung von E-Mails und sogar einem Videochat mit einer Handvoll Kabinettsbeamter beschäftigt gewesen. Wenn sie noch die Zeit mit Tristan und ihren Zwillingen berücksichtigte, hatte sie kaum genug Zeit zum Schlafen gehabt.

Trotzdem würde sie es sofort wieder tun, weil sie all diese Arbeit zu dem Meeting geführt hatte, das vor fünf Minuten hätte beginnen sollen. Wenn die verdammte Frau jemals auftauchte, konnte Mel vielleicht in der Lage sein, echte Veränderungen zu bewirken.

Gerade als sie einen Teil von Beethovens

„Neunter Symphonie" klopfte, hörte sie Stimmen auf der anderen Seite der Tür.

Als sie sich öffnete, hielt Melanie ihre Finger still. Es war Zeit.

Sie stand auf und drehte sich um, um die britische Innenministerin Jacqueline Reid zu begrüßen.

Eine Frau in ihren Fünfzigern mit graubraunen Haaren und grauen Augen lächelte, als Bram sie zu dem Tisch führte, an dem Melanie wartete.

Die Frau blieb stehen und streckte eine Hand aus. Nachdem Mel sie ergriffen hatte, sagte die Frau: „Danke, dass Sie sich mit mir treffen, Mrs. Hall-MacLeod."

„Es ist mir ein Vergnügen, Mrs. Reid. Und bitte, nennen Sie mich doch Melanie.

Die Frau setzte sich Melanie gegenüber. „Da wir uns in Zukunft viel unterhalten werden, nennen Sie mich Jacqueline."

Mel lächelte. „Also gut, Jacqueline. Ich freue mich, dass Sie kommen und sich mit mir treffen konnten. Ich würde gerne plaudern und Tee trinken, aber wir haben nicht viel Zeit. Wir sollten anfangen."

Bram setzte sich neben Melanie. Er warf ein: „Dem stimme ich zu. Ich bin besonders gespannt auf Ihre Antwort zu unseren Vorschlägen."

Die Innenministerin betrachtete jeden von ihnen der Reihe nach. „Bevor wir zu diesem Thema kommen, muss ich wissen, ob Sie die von uns

angeforderten notwendigen Informationen an das
MI5 weitergegeben haben oder nicht."

Bram antwortete: „Ja, alle Informationen, die
wir über die Drachenjäger und die Drachenritter
finden konnten. Zugegeben, die Informationen über
die Drachenritter sind jahrhundertealt und vielleicht
keine große Hilfe."

Die Innenministerin wiegte ihren Kopf. „Gut.
Alles ist besser als nichts. Die Öffentlichkeit will die
Jäger aufhalten, dank Arabella MacLeod und den
anderen Opfern. Wenn wir unsere Anstrengungen
nicht verstärken, werden wir möglicherweise einige
Unruhen haben."

Melanie widersetzte sich einer Bemerkung dazu,
dass die öffentliche Meinung offenbar wichtiger war
als das Leben von Drachenwandlern. Jetzt war nicht
die Zeit, diesen Kampf zu führen.

Stattdessen faltete Mel ihre Hände vor sich und
sprach leise. „Wir haben alle Wünsche erfüllt, die
Sie hatten. Werden Sie jetzt etwas zu unseren
Vorschlägen sagen?"

„Natürlich." Jacqueline holte ein paar Papiere
aus ihrer Aktentasche und gab Melanie und Bram
jeweils eine Kopie. „Ihre Ideen sind durchaus
sinnvoll, doch nach Gesprächen mit dem
Premierminister und einigen anderen
Kabinettsministern haben wir ein paar
Änderungsvorschläge."

Melanie blickte hinunter und las das Deckblatt
„Inklusions- und Besuchsgesetze". Mit Blick auf die
Innenministerin sagte sie: „Dieser Papierstapel ist

mindestens fünfzig Seiten dick. Wir werden das später zwar sorgfältig durchlesen, aber wenn Sie die wichtigsten Punkte kurz zusammenfassen könnten, würden wir das sehr zu schätzen wissen."

Jacqueline antwortete: „Die Logistik wird noch ausgearbeitet, aber Besucherpässe für Menschen, um Drachenwandler-Territorium betreten zu dürfen, werden von Fall zu Fall gewährt, sodass Verwandte und Geschäftsinteressenten das Land besuchen können. Es gibt kein Dauervisum, jeder Pass gilt für einen bestimmten Zeitraum, aber Besuche ohne Opferkontext sind nicht mehr illegal."

Bram sagte: „Das ist ein guter Anfang. Ich hoffe jedoch, dass die Gesetze eines Tages noch weiter gehen werden."

Jacqueline tippte auf ihren Papierstapel. „Ich verstehe Ihren Wunsch, das Opfersystem abzuschaffen und Ihr Land halbautonom zu regieren. Wir alle sind uns jedoch der wachsenden Beliebtheit der sogenannten Drachenritter und ihrer Bedrohungen bewusst. Bis wir einen Weg finden, sie einzudämmen, sind volle Autonomie und Integration ausgeschlossen oder wir riskieren weitere Terroranschläge im Land."

Bevor Bram etwas dagegen einwenden und nur unterliegen konnte, zumindest im gegenwärtigen politischen Klima, sprang Melanie ein. „Damit wird die Hälfte unseres Vorschlags aufgegriffen. Erzählen Sie uns von der Inklusionsseite."

Jaqueline schlug ihre Papiere auf und tippte auf

ein bestimmtes Blatt. „Seite zwanzig geht auf mehr Details ein, aber im Grunde werden wir Drachenwandlern mehr Bewegungsfreiheit ermöglichen, sofern sie einen Mikrochip-Ausweis bei sich tragen."

Bram verschränkte die Arme. „Die Speicherung riesiger Datenmengen über jeden Drachenwandler in den Chips ist riskant und gefährlich. Hacker werden bezahlt werden, um unsere Informationen zu finden und sie an den Meistbietenden weiterzugeben. Wir werden leichte Ziele sein."

Jacqueline faltete ihre Hände über den Dokumenten. „Der Personalausweis ist nicht verhandelbar. Wir werden das MI5 anweisen, alles in seiner Macht Stehende zu tun, um zu verhindern, dass etwas durchsickert, aber zu viele Bürger haben Angst vor dem Gedanken, dass ein Drachenwandler Amok laufen könnte."

Bram schüttelte den Kopf. „Ich werde nicht zulassen, dass die menschliche Regierung jedes Geheimnis speichert. Ich kann Kompromisse eingehen, wenn es um grundlegende oder frühere Straftaten geht, aber nichts anderes."

Mel sah, wie Bram und Jacqueline einander anstarrten. Bram mochte von außen ruhig und gefasst aussehen, aber Melanie fragte sich, ob ihr Anführer innerlich so nervös war wie sie. Wenn Jacqueline nein sagte, dann würden ihre Hoffnungen auf die Einbeziehung von Drachenwandlern deutlich verringert.

Es war die Innenministerin, die endlich das

Schweigen brach. „Ich werde sehen, was wir tun können, aber selbst, wenn ich den Ministerpräsidenten dazu bringen kann, einer Einigung zuzustimmen, brauche ich eine Garantie, dass alle möglichen Bedrohungen identifiziert werden. Es reicht ein abtrünniger Drache, der London terrorisiert, dass die öffentliche Meinung sich ändert und alle bisherigen Fortschritte zunichtegemacht werden."

Bram antwortete: „Wird erledigt. Ich kann nicht für die anderen Clans sprechen, aber ich kann Ihnen versichern, dass Stonefire kooperieren wird."

Jacqueline lehnte sich in ihrem Stuhl zurück. „Ja, gut, dass Stonefire unser Probe-Clan ist. Der Ruf einiger anderer britischer Clans ist nicht gerade hervorragend."

Bram fügte hinzu: „Apropos Probe-Clan: ich möchte eine Garantie, dass das Gesetz über Ausweise mit Chip regelmäßig überprüft wird. Vielleicht alle zwei oder drei Jahre. Und die Drachenwandler, die keine von Menschen besiedelten Gebiete besuchen, werden keine tragen müssen."

Die Innenministerin nickte. „Das klingt vernünftig. Obwohl ich nichts versprechen kann, werde ich es empfehlen. Diese Gesetze treten jedoch nur in England und Wales in Kraft. Ich befürchte, dass Sie mit dem schottischen Parlament und der Nordirischen Versammlung sprechen müssen, um dort Gesetze zu erlassen."

Melanie spürte, dass Bram im Moment

zufrieden war, und fragte: „Wann werden Sie mit der Ausstellung von Besucherpässen beginnen?"

Jacqueline lächelte sie an. „Sie wollen Ihre Familie sehen."

Mel nickte. „Ja."

„Das Erlassen des Gesetzes wird einige Zeit in Anspruch nehmen, mit Debatten und Abstimmungen, aber ich habe bereits einen Antrag für Ihre Eltern und Ihren Bruder gestellt. Wenn der Premierminister nichts dagegen hat, können Sie sie in ein paar Wochen sehen."

Mel schluckte die Emotionen in ihrer Kehle herunter. Wenn sie nicht aufpasste, würde sie anfangen zu weinen. „Danke!"

Jacqueline winkte das mit einer Hand ab. „Angesichts des Risikos, das Sie eingegangen sind, und Ihrer Entschlossenheit ist dies das Mindeste, das ich tun kann." Die Innenministerin legte ihre Dokumente in die Aktentasche und sah sich Mel und Bram nacheinander an. „Ich kann im Moment kaum etwas anderes tun. Sobald Sie Gelegenheit hatten, den Vorschlag gründlich zu lesen, wenden Sie sich mit Fragen an mein Büro. Dort wird man Ihnen die Antworten geben, die Sie brauchen."

Jacqueline stand auf, und auch Mel erhob sich eilig. Da Mel kein Clan-Anführer war, sah sie zu Bram, und er sagte: „Sie sind jederzeit willkommen, Mrs. Reid. Ich weiß es zu schätzen, dass Sie mit uns arbeiten. In der Vergangenheit hat uns niemand je eines zweiten Blickes gewürdigt."

Jacqueline zuckte mit einer Schulter. „Ich habe

den Großteil meines Lebens in der Politik verbracht. Ich merke, wenn sich der Wind dreht, und die Dinge ändern sich definitiv gerade für die Drachen-Clans in Großbritannien. Solange Drachen nicht anfangen, Menschen willkürlich zu töten, begrüße ich die Herausforderung, ein neues Identifikationssystem zu entwickeln. Eine Person hat selten die Möglichkeit, einen solchen Akzent in der Geschichte zu setzen, wie Melanie sicher sehr wohl weiß."

Nachdem sie sich verabschiedet hatte, ging die Innenministerin. Als sie allein im Zimmer waren, stürzte Tristan herein und fragte: „Und?"

Evie war direkt hinter ihm und stellte sich neben ihn. Sie fokussierte ihren Blick auf Bram. „Erzähl uns, was passiert ist."

Bram hob eine Braue. „Bist du jetzt nicht ein bisschen herrisch, Mädchen?"

Evie stieß einen frustrierten Seufzer aus. „So sehr ich es mag, mit dir zu verhandeln, jetzt ist nicht der richtige Zeitpunkt, Bram Moore-Llewellyn. Erzähl uns, was zum Teufel passiert ist."

Bram schüttelte den Kopf. „Alles klar, Mädchen. Wir haben die meisten, aber nicht alle Forderungen erfüllt bekommen."

Tristan sah Melanie an, eine unausgesprochene Frage in seinen Augen. Mel lächelte. „Wir sollten bald meine Eltern und meinen Bruder sehen."

Ihr Gefährte lächelte ebenfalls und ging zu ihr. Er schloss sie fest in seine Arme und murmelte: „Ich sagte doch, wir finden einen Weg, mein kleiner Mensch."

Sie schmiegte sich mit ihrem Gesicht an seine Brust und antwortete: „Ich weiß, aber eine Weile dachte ich, dass das nie passieren würde."

Tristan lehnte sich zurück, bis er ihre Augen sehen konnte. „Aber das ist es, und mehr noch, alles deinetwegen."

Die Liebe und Unterstützung, die aus Tristans Augen strahlten, erwärmten ihr Herz. „Vielen Dank, dass du mich und meinen manchmal unerträglichen Drang erduldet hast. Es ist nur so, dass wenn ich die Dinge nicht mag, wie sie sind, ändere ich sie."

Tristan schob ihr eine Haarsträhne von der Wange. „Entschuldige dich niemals dafür, dass du bist, wie du bist. Du hast mich zu einem besseren Drachenmann gemacht, ganz zu schweigen davon, was du für Arabella getan hast. Ich liebe jedes bisschen deiner Sturheit, Melanie. Ändere dich nie."

Sie neigte einladend den Kopf, aber Tristan sah sich im Raum um, anstatt sie zu küssen. Als er ihr wieder in die Augen sah, ließ ein böses Funkeln dort sie zittern. „Gut, sie sind gegangen und haben sogar die Tür geschlossen."

„Warum sollten sie –"

„Weil Bram wusste, dass ich das tun wollte."

Tristan senkte den Kopf und küsste sie.

Als sie ihre Lippen öffnete, nahm sie seine Zunge an. Er streichelte ihren Mund, und sie lehnte sich gegen ihren Gefährten und liebte das Gefühl seines harten Körpers gegen ihren. Als Tristan eine Hand auf ihren Po legte und sie gegen seinen harten Schwanz drückte, unterbrach sie den Kuss mit einem Stirnrunzeln. „Tristan MacLeod, wir machen es gerade mitten in einem Konferenzraum."

Die Hitze in seinen Augen schoss direkt zwischen ihre Beine und ließ ihre Pussy pulsieren.

Er beugte sich vor, sein Atem ein warmes Flüstern auf ihrer Wange. „Es gibt hier keine Fenster oder Kameras. Wir sind sicher." Er strich über ihre Wange. „Ich weiß, dass du mich jetzt willst, Liebes. Lass uns das Risiko eingehen und deinen Sieg feiern."

Während sie schon auf einer Lichtung Sex mit ihrem Gefährten gehabt hatte, hatte sie es nie in einem so öffentlichen Bereich getan. Doch die Vorstellung, erwischt zu werden, schickte einen Nervenkitzel durch ihren Körper.

Was zum Teufel hab' ich mir dabei gedacht?

Bevor sie mehr über das Thema nachdenken konnte, schob Tristan seine Hand von ihrem Po zum Saum ihres Rocks. Als er sie langsam ihren äußeren Oberschenkel hochbewegte, stockte ihr Atem.

Tristan schmunzelte. „Wir tun es bereits."

Sie öffnete ihren Mund, aber dann griff seine Hand an die Naht ihres Höschens. Als er knurrte, machten die Vibrationen ihre Brustwarzen hart.

Ihr Kumpel murmelte: „Warum trägst du

Unterwäsche? Ich dachte, wir hätten das schon einmal besprochen."

„Hey, ich hatte nicht vor, mich unbekleidet mit der britischen Innenministerin zu treffen. Nicht mal für dich, Tristan."

Er schob seinen Finger unter ihren Slip und drückte ihn in ihre Pussy. Sie biss sich auf die Lippe und lehnte sich zur Unterstützung gegen seine Brust.

Als Tristan langsam in ihren Kern hineinstieß und wieder heraus, musste sie all ihre Willenskraft aufbringen, um nicht zu stöhnen. Irgendwie schaffte sie es zu sagen: „Wir haben keine Zeit, dass du mich neckst. Fick mich jetzt, Tristan, oder wir gehen."

Mit einem Knurren hob Tristan sie hoch, legte sie auf den Tisch und spreizte ihre Beine. In der nächsten Sekunde war ihr Slip in zwei Hälften zerrissen. Sie sagte kaum vernehmbar: „Das ist besser", als Tristan seinen Schwanz befreite und ihr in die Pussy rammte.

Tristan biss sich stärker auf die Lippe und bewegte sich, ohne Zeit zu verlieren. Er stieß hart und schnell zu, mit der Einseitigkeit, die sie zu lieben gelernt hatte. Als seine Augen zu Drachenschlitzen und wieder zurück blitzten, wusste sie, dass sein inneres Tier ihm half.

Dann bewegte ihr Gefährte eine Hand auf ihre Klitoris und umkreiste den harten Knoten. Melanie legte ihre Hände hinter sich, lehnte sich zurück und spreizte ihre Beine noch weiter. Tristan erhöhte sein

Tempo und den Druck gegen ihre Klitoris. Sie stöhnte leise, bevor sie flüsterte: „Ich bin nah dran."

Als er Melanie kniff, traf sie der Orgasmus wie eine Welle nach der anderen, die durch ihren Körper strömte. Tristan hörte nicht auf, mit seinen Hüften zu stoßen, und jede Bewegung seines Schwanzes – während ihre Pussy sich zusammenzog und losließ – verstärkte nur die Lust.

Dann hielt Tristan inne und brüllte mit geschlossenem Mund, während er sich in sie ergoss und sie in einen weiteren Orgasmus schickte.

Als sie endlich runterkam, blieb Tristan in ihr und zog sie näher an sich. Er hielt seine Stimme leise. „Ich denke, wir sollten unseren zweiwöchentlichen Dating-Abenden Sex an seltsamen Orten hinzufügen."

Sie war zu zufrieden, um die Stirn zu runzeln. „Etwas sagt mir, dass du bereits eine Liste von Orten hast, die wir ausprobieren können."

„Aber natürlich."

Sein sachlicher Ton brachte sie zum Lächeln. „Dann denke ich vielleicht darüber nach, keine Unterwäsche an Dating-Abenden zu tragen."

Er grunzte. „Ich glaube, du solltest überhaupt keine Unterwäsche tragen."

Sie schmiegte sich an Tristans Brust und lachte. „Natürlich glaubst du das."

Tristan küsste sie oben auf den Kopf. „Selbst wenn du Unterwäsche trägst, liebe ich dich."

Sie schüttelte den Kopf an seiner Brust. „Du bist so ein Mann, Tristan MacLeod."

Er lehnte sich zurück, um ihre Wange zu berühren, und streichelte ihre Haut mit dem Daumen. „Nein, Liebes, ich bin ein Drachenmann. Gewöhn dich daran."

Sie lächelte und sah ihren Gefährten mit jeder Unze Liebe an, die sie besaß. „Ich glaube nicht, dass ich es anders haben wollte."

Als Tristan ihr einen langsamen, zärtlichen Kuss gab, wusste Melanie, dass jeder Tag wie ein Happy End erscheinen würde, solange sie ihren Drachenmann an ihrer Seite hatte.

Epilog

Zwei Wochen später

Melanie musterte die Menge von ihrem Aussichtspunkt im Wachhaus am Haupteingang zu Stonefire. Aus fünfzig Menschen waren fünfhundert geworden.

Sosehr sie die Unterstützung zu schätzen wusste, die großen Gruppen von Leuten, die jeden Tag kamen, machten es jedem schwer, die Tore zu passieren, und sie erwartete in der nächsten halben Stunde einige sehr wichtige Gäste.

Tristan rief hinter ihr: „Deine Tochter ist wach und will dich!"

Mel zwang ihre Augen vom Fenster zu Tristan, der über den Kinderwagen gebeugt war.

Annabel gab ein paar Babygeräusche und unverständliches Gebrabbel von sich. Mel konnte den einseitigen Unterhaltungen mit ihrer Tochter nicht widerstehen und gesellte sich zu ihrem Gefährten.

Tristan massierte Mel den Rücken, als sie sich über den Wagen beugte und ihre Tochter anlächelte. „Da ist aber jemand gesprächig." Sie griff hinunter, nahm ihr kleines Mädchen hoch und setzte es auf ihre Hüfte. „Aber sei nicht zu laut, sonst wird dein Bruder launisch. Mir wäre es lieber, wenn deine Großeltern sich nicht gleich mit Miesepetern befassen müssten."

Annabel stieß einen hohen Schrei aus, und Tristan schmunzelte. „Ich glaube, Anna will nicht gesagt bekommen, was sie zu tun hat."

Mel warf ihrem Gefährten einen misstrauischen Blick zu. „Du ermunterst sie, wenn ich nicht da bin, stimmt's? Sie wird auf jeden Fall Daddys kleines Mädchen sein."

Tristan zuckte mit den Schultern. „Ich brauche jemanden in meinem Team, wenn sie älter ist. Ich kann nicht zulassen, dass ihr immer drei gegen einen seid."

Melanie lachte und schaffte es nicht, das Stirnrunzeln zu halten. „Oh, ich arbeite daran. Mit den Zwillingen auf meiner Seite können wir diesen hässlichen, zerschlissenen Sessel im Wohnzimmer loswerden. Ich schwöre, sonst muss ich deine Leiche da rausholen."

Tristan grinste, und der Anblick erwärmte Mels Herz. Gerade als ihr Gefährte den Mund öffnete, kam eine der Wachen durch die Seitentür. Er sah zu

Melanie. „Eine silberne Limousine nähert sich dem Tor."

Mel flüsterte: „Sie sind hier."

Auf dem Weg zum Fenster schlug ihr Herz doppelt so schnell. Sie hatte so lange auf diesen Moment des Wiedersehens gewartet. Sie hoffte nur, ihre Erinnerungen und Träume würden der Realität entsprechen.

Sie hatte am meisten Angst davor, wie ihr Bruder zu ihr sein würde. Sie und Oliver hatten einander früher nahegestanden, aber dass sie als Opfer gegangen war, könnte er als eine Art Verlassen aufgefasst haben.

Tristan stellte sich an ihre Seite, ein schläfriger Jack in seinen Armen. „Du triffst sie mindestens einmal alle zwei Wochen zum Videochat. Wie kannst du nervös sein?"

Sie sah zu Tristan auf. „Dir fallen unangenehme soziale Situationen vielleicht nicht auf, da Schweigen dein bester Freund ist, aber mir schon. Manchmal reichen Videochats eben nicht."

Er runzelte die Stirn. „Hör auf, dir Sorgen zu machen. Ich will meine praktische, logisch denkende Gefährtin zurück."

Das Handy der Wache piepste. Er sah es an und dann Mel und Tristan. „Der Wagen ist am Tor. Kommt mit."

Sie verließen den Sicherheitskontrollpunkt der Wache und traten hinter das Stein- und Ziegelgebäude. Als sie um die Ecke kamen, hielt gerade eine silberne Limousine an.

Ihr Herz schlug heftiger. Die Türen öffneten sich, und ihre Eltern und ihr Bruder stiegen aus. Sie sahen sich um, bis sie Mels Blick begegneten.

Ihre Mutter schrie „Melanie!", bevor sie auf sie zueilte. Das Nächste, was sie wusste, war, dass ihre Mutter sie und Annabel herzlich umarmte.

Ihre Mom flüsterte: „Mein Baby. Ich habe dich vermisst."

Melanie atmete den Lavendelduft der Lotion ihrer Mutter ein, und ein Gefühl der Ruhe kam über sie. „Ich habe dich auch vermisst, Mom."

Mels Mom zog sich zurück und umfasste ihr Gesicht. Dann sah sie zu Tristan. „Komm her."

Bevor Tristan sich bewegen oder etwas sagen konnte, zog ihre Mom ihn in eine Umarmung. Mel lächelte über den erschrockenen Ausdruck im Gesicht ihres Gefährten.

Erst als sie ihren Bruder „Melanie" sagen hörte, sah sie weg.

Oliver war fast dreißig Zentimeter größer als beim letzten Mal, dass sie ihn gesehen hatte. Während sein braunes Haar und seine grünen Augen die gleichen waren, hatte sein Gesicht größtenteils sein kindliches Aussehen verloren. Er hatte sogar leichte Stoppel am Kinn. Ihr kleiner Bruder war fast ein Mann.

Bevor sie etwas Dummes tun konnte, wie zum Beispiel weinen, hob Melanie eine Augenbraue und sagte: „Begrüßt man so seine Schwester?"

Oliver hob als Erwiderung ebenfalls eine Augenbraue. „Ich wollte dich umarmen, aber jetzt bin ich mir nicht sicher, da es immer Ärger bringt, wenn man dir nachgibt."

Sie lachte, ging zu ihm und umschlang ihren Bruder einarmig. „Das werde ich mir merken."

Sie sah auf, und Olivers Augen blickten auf ihre Tochter. Er sagte: „Es ist immer noch schwer zu glauben, dass ich Onkel bin."

Mel setzte Annabel, die ihren Onkel nur mit großen Augen anstarrte, anders hin und hielt sie ihm dann entgegen. „Nimm sie. Ich merke schon, dass sie dich mag."

Die Augen ihres Bruders sahen unsicher aus. „Ich weiß nichts über Babys, Mel."

„Pah, spielte keine Rolle." Sie bewegte Anna ein wenig in der Luft. „Versuch es."

Oliver nahm Anna vorsichtig in seine Arme, und ihre Tochter lächelte und trat leicht gegen Olivers Magen.

Mel nickte. „Siehst du, ich sagte dir doch, sie mag dich. Wenn du die gleiche Wirkung auf Jack hast, muss ich dich vielleicht alle paar Wochen ausleihen."

Oliver sah sie skeptisch an. „Ich bin mir nicht sicher, ob ich jetzt Angst haben sollte oder nicht."

Mel wollte ihren Bruder noch mehr ärgern, als ihr Vater auftauchte. Nachdem Mel ihn umarmt hatte, sagte sie: „Ich hoffe, Mom hat dich auf dem Weg hierher nicht verrückt gemacht."

Ihr Vater schmunzelte. „Ich bin seit fast dreißig Jahren mit deiner Mom verheiratet. Wenn sie mich in den Wahnsinn treiben könnte, hätte sie es längst getan."

Mels Mom rief: „Das habe ich gehört, Mr. Hall!"

Ihr Vater grinste ihre Mom nur an. Wenn sie zwischen ihren Eltern hin und her blickte, überkam sie ein Gefühl von Zuhause und Zugehörigkeit. Nicht einmal zehn Jahre voneinander getrennt würden dieses Gefühl ändern.

Tristan und ihre Mom gesellten sich zu der kleinen Gruppe. Ihre Mom hatte Jack bereits schützend an sich gekuschelt. Sie würde ihren Enkel nicht so schnell aufgeben.

Tristan legte eine Hand an Mels Rücken, und sie lehnte sich gegen ihn. Ihre Eltern sahen einander an. Ihre Blicke waren erfüllt von Liebe und Verständnis, als würden sie sich an ihre ersten Jahre der Ehe erinnern.

Oliver konzentrierte sich jedoch mehr auf das Baby in seinen Armen, wahrscheinlich weil er sich noch nicht an die Vorstellung, dass seine Schwester einen Ehemann hatte, gewöhnt hatte.

Mels Mutter war diejenige, die das Schweigen brach. „So sehr ich den Lake District auch liebe, wie wäre es, wenn wir zu euch nach Hause gehen und einen Tee trinken? Ihr beide seht aus, als währt ihr erschöpft und könntet Ruhe gebrauchen."

Mel verdrehte die Augen. „Du willst nur Zeit, um mit deinen Enkelkindern zu spielen."

„Vielleicht", sagte ihre Mutter einfach.

Mels Dad schüttelte den Kopf. „Gut, wollen wir

dann los? Wir haben nur eine Woche hier, und ich möchte jede Sekunde auskosten."

Tristan rieb Mel den Rücken, als er antwortete: „Wenn es dir recht ist, James, gehen wir voran."

Mels Dad wiegte seinen Kopf, und Tristan drückte Mel sanft vorwärts. Sie rührte sich nicht vom Fleck und flüsterte: „Sollten wir nicht neben ihnen gehen?"

Tristan beugte sich hinab. „Gib ihnen ein paar Minuten, um die Drachen über sich zu beobachten. Andernfalls fühlen sie sich verpflichtet, die ganze Zeit mit dir zu plaudern."

Mel sah über ihre Schulter. Ihre Eltern hatten je ein Baby in den Armen, und Oliver ging zwischen ihnen. Als ein Drache über ihnen schrie, sah ihr Bruder vor Faszination auf.

Melanie drehte sich um und schnaubte. „Manchmal bist du zu scharfsinnig, Tristan MacLeod."

„Ich bin Lehrer, weißt du noch? Wenn ich nicht aufpasste, würden meine Klassen ins Chaos versinken."

Das Bild von zehn Siebenjährigen, die schreiend umherliefen, während Tristan zusah, brachte ihr ein Lächeln ins Gesicht. „Ich bezweifle irgendwie, dass das passieren wird. Ein Knurren würde sie wieder spuren lassen."

Ein Moment der Stille verging, bevor ihr Gefährte murmelte: „Du hast es geschafft, Melanie. Deinetwegen sind deine Eltern hier, Drachen haben eine Chance auf Freiheit, und unsere Kinder haben vielleicht eine einfachere Zukunft. Du bist verdammt erstaunlich."

Sie lächelte. „Ich weiß."

Tristan lachte schallend. „So viel zum Thema Bescheidenheit."

„Ich war einfach ehrlich. Und weißt du was? Ohne dich hätte ich nichts davon geschafft, Tristan."

Tristan blieb stehen und drehte ihr Gesicht um. „Wir werden immer alles zusammen machen. Ganz gleich, was passiert, ich liebe dich."

„Und ich liebe dich, Tristan. Und jetzt küss mich."

„Vor deinen Eltern?"

„Jetzt plötzlich so zurückhaltend?"

Einer seiner Mundwinkel hob sich. „Ach, was zum Teufel."

Er beugte sich vor, um sie zu küssen. Trotz der Bemerkung ihres Bruders „Ich muss wirklich nicht sehen, wie du jemanden küsst, Mel" lehnte sie sich in den Kuss ihres Gefährten.

Als seine Zunge ihre streichelte, wusste Melanie, dass sie mit der Liebe ihres Gefährten, ihrer Kinder und ihrer Familie alles ertragen konnte. Sie würde niemandem erlauben, ihr ihr Happy End zu nehmen.

Den Drachen heilen

DIE STONEFIRE-DRACHEN #4

Arabella MacLeod wurde vor zehn Jahren von Drachenjägern gefoltert. Seitdem verhätschelt ihr Clan sie und schleicht auf Zehenspitzen um sie herum, vor allem ihr älterer Bruder. Sie sucht verzweifelt nach einer Chance auf Freiheit und arbeitet freiwillig mit dem schottischen Drachenwandler-Clan zusammen. Dabei ist sie fest entschlossen, sich von deren charmanten Clan-Anführer fernzuhalten, doch er läuft ihr nicht nur immer wieder über den Weg, ihr Drache fühlt sich auch von ihm angezogen.

Finlay Stewart kann die von Narben gezeichnete Drachenfrau, die er vor sechs Monaten auf Stonefire-Land getroffen hat, nicht vergessen. Als dieselbe Frau zustimmt, zum Austausch in seinen Clan zu kommen, will Finn ihr den Hof machen. Es ist nicht einfach, seine Clan-Pflichten mit seinem Bedürfnis, Arabella zu sehen, unter einen Hut zu bringen, insbesondere angesichts der bestehenden Kluft im Clan, doch er ist entschlossen, es zu versuchen. Arabellas innere Stärke zieht ihn an wie keine andere Frau zuvor.

Wird Arabella Finn ihre Vergangenheit anvertrauen? Oder wird die Kluft in seinem Clan auch sie auseinanderreißen?

Bücher von Jessie Donovan

Die Stonefire-Drachen

Lochguard Highland Drachen

Über die Autorin

Jessie Donovan hat mehr als eine halbe Million Bücher verkauft, Hunderttausende weitere kostenlos an ihre Leser*Innen verschenkt und es sogar auf die Bestsellerlisten der *NY Times* und *USA Today* geschafft. Sie ist vor allem für ihre Drachenwandler-Serie bekannt, schreibt aber auch über Elfenhexen, Vampire, Alien-Krieger und hat sogar eine verrückt-komische Liebesromanreihe aufgelegt, die in Schottland spielt. Wenn sie nicht gerade ein Buch liest, auf ihrem Laufband joggt oder mit nur wenigen Groschen in der Tasche durch ein fremdes Land reist, findet man sie oft auf Facebook oder TikTok, wo sie mit ihren Lesern interagiert. Sie lebt in der Nähe von Seattle. Dort regnet es zwar oft, doch der Regen macht auch alles grün.

Besuchen Sie ihre Website unter: www.JessieDonovan.com